Luxemburg | Friedensutopien und Hundepolitik

[Was bedeutet das alles?]

Rosa Luxemburg

Friedensutopien und Hundepolitik

Schriften und Reden

Mit einem Essay von Dietmar Dath

Reclam

RECLAMS UNIVERSAL-BIBLIOTHEK Nr. 19540
2018 Philipp Reclam jun. Verlag GmbH,
Siemensstraße 32, 71254 Ditzingen
Gestaltung: Cornelia Feyll, Friedrich Forssman
Druck und Bindung: Canon Deutschland Business Services GmbH,
Siemensstraße 32, 71254 Ditzingen
Printed in Germany 2018
RECLAM, UNIVERSAL-BIBLIOTHEK und
RECLAMS UNIVERSAL-BIBLIOTHEK sind eingetragene Marken
der Philipp Reclam jun. GmbH & Co. KG, Stuttgart
ISBN 978-3-15-019540-6

Auch als E-Book erhältlich

www.reclam.de

Inhalt

Tolstoi[1] als sozialer Denker

Leipzig, 9. September [1908]

In dem genialsten Romanschriftsteller der Gegenwart lebte von Anfang an neben dem rastlosen Künstler ein rastloser sozialer Denker. Die Grundfragen des menschlichen Lebens, der Beziehungen der Menschen zueinander, der gesellschaftlichen Verhältnisse beschäftigten seit jeher tief das innerste Wesen Tolstois, und sein ganzes langes Leben und Schaffen war zugleich ein unermüdliches Grübeln über »die Wahrheit« im Menschenleben. Dasselbe rastlose Suchen nach Wahrheit wird gewöhnlich auch einem anderen berühmten Zeitgenossen Tolstois, Ibsen[2], nachgesagt. Während aber in den Ibsen'schen Dramen der große Ideenkampf der Gegenwart in dem großspurigen, meistens kaum verständlichen Puppenspiel zwerghafter Gestalten grotesken Ausdruck findet, wobei der Künstler Ibsen unter den unzureichenden Anstrengungen des Denkers Ibsen kläglich erliegt, vermag die Denkarbeit Tolstois seinem künstlerischen Genie nichts anzuhaben. In jedem seiner Romane fällt diese Arbeit irgendeiner Person zu, die mitten in dem Getümmel lebenstrotzender Gestalten die etwas linkische, ein wenig lächerliche Rolle eines verträumten Räsoneurs[3] und Wahrheitsuchers spielt, wie Pierre Besuchow in *Krieg und Frieden*, wie Lewin in *Anna Karenina*, wie Fürst Nechljudow in der *Auferstehung*. Diese Personen, die immer die eigenen Gedanken, Zweifel und Probleme Tolstois in Worte kleiden, sind in der Regel künstlerisch am schwächsten, schemenhaftesten gezeichnet, sie sind mehr Beobachter des Lebens als mitwirkende Teilnehmer. Allein die Gestaltungskraft Tolstois ist so gewaltig, dass er selbst nicht imstande ist, die eigenen Werke zu verpfuschen, wie sehr er sie in der Sorglosigkeit eines gottbegnadeten Schöpfers misshandeln mag. Und als der Denker Tolstoi mit der Zeit über den Künstler den Sieg davongetragen hatte, so geschah es nicht, weil das künstlerische Genie Tolstois versiegte, sondern weil ihm der tiefe Ernst des Denkers Schweigen gebot. Wenn Tolstoi in dem letzten Jahrzehnt statt herrlicher Romane nunmehr künstlerisch oft trostlose Traktate und Traktätchen über Religion, Kunst, Moral, Ehe, Erziehung, Arbeiterfrage schrieb, so war es, weil er mit seinem Grübeln und Denken zu Ergebnissen gelangt ist, die ihm sein eigenes künstlerisches Schaffen als eine frivole Spielerei erscheinen ließen.

Welches sind nun diese Ergebnisse, welche Ideen verfocht und verficht jetzt noch bis zum letzten Atemzuge der greise Dichter? Kurz gefasst, ist die Ideenrichtung Tolstois bekannt als eine Abkehr von den bestehenden Verhältnissen mitsamt dem sozialen Kampf in jeglicher Gestalt zu einem »wahren Christentum«. Schon auf den ersten Blick mutet diese geistige Richtung reaktionär an. Gegen den Verdacht freilich, als hätte das von ihm gepredigte Christentum irgendetwas mit dem bestehenden offiziellen Kirchenglauben zu tun, ist Tolstoi schon durch den öffentlichen Bannstrahl geschützt, mit dem ihn die russische orthodoxe Staatskirche getroffen hat. Allein auch eine Opposition gegen das Bestehende schillert in reaktionären Farben, wenn sie sich in mystische Formen kleidet. Doppelt verdächtig erscheint aber ein christlicher Mystizismus, der jeden Kampf und jede Form der Gewaltanwendung verabscheut und die Lehre von der »Nichtvergeltung« predigt, in einem sozialen und politischen Milieu wie dem des absolutistischen Russland. Tatsächlich äußerte sich der Einfluss der Tolstoi'schen Lehren auf die junge russische Intelligenz – ein Einfluss, der übrigens nie weittragend war und sich nur auf kleine Zirkel erstreckte – Ende der achtziger und Anfang der neunziger Jahre[4], d. h. in der Periode des Stillstands des revolutionären Kampfes, in der Verbreitung einer indolenten[5] ethisch-individualistischen Strömung, die eine direkte Gefahr für die revolutionäre Bewegung hätte werden können, wäre sie nicht räumlich wie zeitlich bloß eine Episode geblieben. Und endlich unmittelbar vor das geschichtliche Schauspiel der russischen Revolution gestellt, wendet sich Tolstoi offen gegen die Revolution, wie er bereits in seinen Schriften schroff und ausdrücklich gegen den Sozialismus Stellung genommen, speziell die Marx'sche Lehre als eine ungeheure Verblendung und Verirrung bekämpft hat.

Gewiss, Tolstoi war und ist kein Sozialdemokrat, und für die Sozialdemokratie, für die moderne Arbeiterbewegung hat er nicht das geringste Verständnis. Allein, es ist ein hoffnungsloses Verfahren, an eine geistige Erscheinung von der Größe und von der Eigenart Tolstois mit dem armseligen steifen Schulmaß herantreten und ihn danach beurteilen zu wollen. Die ablehnende Haltung zum Sozialismus als einer Bewegung und einem Lehrsystem kann unter Umständen nicht von der Schwäche, sondern von der Stärke eines Intellekts herrühren, und dies ist gerade bei Tolstoi der Fall.

Einerseits herangewachsen noch in dem alten leibeigenen Russland Nikolaus' I.[6], in einer Zeit, wo es im Zarenreich weder eine moderne Arbeiterbewegung noch auch die nötige wirtschaftliche und soziale Vorbedingung dazu, eine kräftige kapitalistische Entwicklung, gab, war er in seinem kräftigsten Mannesalter Zeuge des Versagens zuerst der schwächlichen Anläufe einer liberalen Bewegung, dann auch der revolutionären Bewegung in der Form der terroristischen »Narodnaja Wolja«[7], um erst im Alter fast eines Siebzigjährigen die ersten kräftigen Schritte des industriellen Proletariats und schließlich als hochbetagter Greis die Revolution zu erleben. So ist es kein Wunder, dass für Tolstoi das moderne russische Proletariat mit seinem geistigen Leben und Streben nicht existiert, dass ihm der Bauer, und zwar der ehemalige tiefgläubige und passiv duldende russische Bauer, der nur *eine* Sehnsucht kennt – mehr Land zu besitzen, ein für alle Mal das Volk schlechthin bedeutet.

Anderseits aber gehört Tolstoi, der alle kritischen Phasen und den ganzen qualvollen Werdegang des russischen öffentlichen Gedankens miterlebt hat, zu jenen selbständigen, genialen Geistern, die sich sehr viel schwerer in fremde Denkformen, in fertige Lehrsysteme fügen als Durchschnittsintelligenzen. Sozusagen geborener Autodidakt – nicht in Bezug auf die formale Bildung und das Wissen, sondern in Bezug auf das Denken –, muss er zu jedem Gedanken auf einem eigenen Wege gelangen. Und sind die Wege für andere meist unbegreiflich und die Resultate bizarr, so erreicht der kühne Einzelgänger dabei doch Ausblicke von überwältigender Weite.

Wie bei allen Geistern dieser Art, liegt die Stärke Tolstois und das Schwergewicht seiner Gedankenarbeit nicht in der positiven Propaganda, sondern in der Kritik des Bestehenden. Und hier erreicht er eine Vielseitigkeit, Gründlichkeit und Kühnheit, die an die alten Utopistenklassiker[8] des Sozialismus, an Saint-Simon, Fourier und Owen[9], erinnern. Es gibt nicht eine von den hergebrachten geheiligten Institutionen der bestehenden Gesellschaftsordnung, die er nicht unbarmherzig zerpflückt, ihre Verlogenheit, Verkehrtheit und Verderblichkeit aufgezeigt hätte. Kirche und Staat, Krieg und Militarismus, Ehe und Erziehung, Reichtum und Müßiggang, physische und geistige Degradation[10] der Arbeitenden, Ausbeutung und Unterdrückung der Volksmassen, das Verhältnis der Geschlechter, Kunst und Wissenschaft in ihrer heutigen Gestalt – alles unterzieht er einer schonungslosen, vernichtenden Kritik, und zwar stets vom Standpunkt der Gesamtinteressen und des Kulturfortschritts der großen Masse. Liest man z. B. die Anfangssätze seiner »Arbeiterfrage«[11], so meint man, eine populäre sozialistische Agitationsschrift[12] in der Hand zu haben:

»In der ganzen Welt gibt es mehr als eine Milliarde, Tausende Millionen Arbeiter. Das ganze Getreide, sämtliche Waren der ganzen Welt, alles, wovon die Menschen leben und was ihren Reichtum ausmacht, ist das Produkt des arbeitenden Volkes. Allein nicht das arbeitende Volk, sondern die Regierung und die Reichen genießen alles, was es erzeugt. Das werktätige Volk aber lebt in ewiger Not, Unwissenheit, Sklaverei und Verachtung bei allen denjenigen, die es kleidet, nährt, für die es baut und denen es dient. Das Land ist ihm weggenommen worden, und es ist das Eigentum derer, die nicht arbeiten, so daß der Arbeiter alles das machen muss, was die Grundbesitzer von ihm verlangen, um vom Grund und Boden leben zu können. Verlässt aber der Arbeiter das Land und geht in die Werkstatt, so gerät er in die Sklaverei bei den Reichen, bei welchen er das ganze Leben 10, 12, 14 und noch mehr Stunden am Tag eine fremde, eintönige und oft für das Leben schädliche Arbeit ausführen muss. Kann er sich aber auf dem Lande oder bei der fremden Arbeit so einrichten, um nur in Not leben zu können, so lässt man ihn nicht in Ruhe, sondern verlangt von ihm Steuern, zieht ihn selbst für drei, für fünf Jahre zum Soldatendienst heran und zwingt ihn, für das Kriegswerk besondere Steuern zu zahlen. Will er aber den Boden benutzen, ohne Rente[13] zu zahlen, einen Streit anfangen oder die Arbeitswilligen verhindern, seine Stelle einzunehmen, oder die Steuern verweigern, so schickt man gegen ihn das Militär, das ihn verwundet, tötet und mit Gewalt zwingt, nach wie vor zu arbeiten und zu zahlen […]. Und so leben die meisten Menschen in der ganzen Welt, nicht bloß in Russland, sondern auch in Frankreich, Deutschland, England, China, Indien, Afrika, überall.«

Seine Kritik des Militarismus, des Patriotismus, der Ehe wird an Schärfe von der sozialistischen Kritik kaum übertroffen und bewegt sich in derselben Richtlinie wie diese. Wie originell und tief die soziale Analyse Tolstois ist, zeigt z. B. der Vergleich seiner Ansicht über die Bedeutung und den sittlichen Wert der Arbeit mit der Ansicht *Zolas*[14]. Während dieser die Arbeit als solche in echt kleinbürgerlichem Geiste auf das Piedestal erhebt[15], wofür er bei manchen hervorragenden französischen und anderen Sozialdemokraten in den Geruch eines Sozialisten von reinstem Wasser gekommen ist, bemerkt Tolstoi ruhig, indem er mit wenigen Worten den Nagel auf den Kopf trifft:

> »Herr Zola sagt, daß die Arbeit den Menschen gut mache; ich habe immer das Gegenteil bemerkt: Die Arbeit als solche, der Stolz der Ameise auf ihre Arbeit, macht nicht nur die Ameise, sondern auch die Menschen grausam ... Aber wenn sogar die Arbeitsamkeit kein erklärtes Laster ist, so kann sie in keinem Falle eine Tugend sein. Die Arbeit kann ebensowenig eine Tugend sein wie das Sichernähren. Die Arbeit ist ein Bedürfnis, das, wenn es nicht befriedigt wird, ein Leiden und nicht eine Tugend ausmacht. Die Erhebung der Arbeit zu einer Tugend ist ebenso verkehrt wie die Erhebung des Sichernährens des Menschen zu einer Würde und Tugend. Die Arbeit konnte die Bedeutung, die man ihr in unsrer Gesellschaft zuschreibt, nur als eine Reaktion gegen den Müßiggang gewinnen, den man zum Merkmal des Adels erhoben hat und den man noch als Merkmal der Würde in reichen und wenig gebildeten Klassen hält [...]. Die Arbeit ist nicht bloß keine Tugend, sondern sie ist in unsrer falsch geordneten Gesellschaft zum größten Teil ein das sittliche Empfindungsvermögen ertötendes Mittel.«

Wozu zwei Worte aus dem *Kapital*[16] das knappe Gegenstück bilden: »Das Leben des Proletariats beginnt, wo seine Arbeit aufhört.« Bei der obigen Zusammenstellung der beiden Urteile über die Arbeit zeigt sich übrigens genau das Verhältnis Zolas zu Tolstoi im Denken wie im künstlerischen Schaffen: das eines biederen und talentvollen Handwerkers zum schöpferischen Genie.

Tolstoi kritisiert alles Bestehende, erklärt, dass alles wert sei, zugrunde zu gehen[17], und er predigt: Abschaffung der Ausbeutung, allgemeine Arbeitspflicht, ökonomische Gleichheit, Abschaffung des Zwanges in der Staatsorganisation wie im Verhältnis der Geschlechter, völlige Gleichheit der Menschen, der Geschlechter, der Nationen und die Völkerverbrüderung. Welcher Weg soll uns aber zu dieser radikalen Umwälzung der sozialen Organisation führen? Die Rückkehr der Menschen zu dem einzigen und einfachen Grundsatze des Christentums: Liebe deinen Nächsten wie dich selbst. Man sieht, Tolstoi ist hier reiner Idealist. Durch sittliche Wiedergeburt der Menschen will er sie zur Umkrempelung ihrer sozialen Verhältnisse bringen, und die Wiedergeburt will er durch laute Predigt und durch Beispiel erreichen. Und er wird nicht müde, die Notwendigkeit und Nützlichkeit dieser sittlichen »Auferstehung« zu wiederholen mit einer Zähigkeit, einer gewissen Dürftigkeit der Mittel und einer naivschlauen Überredungskunst, die lebhaft an die ewigen Wendungen Fouriers[18] von dem Eigennutz der Menschen erinnern, den er in verschiedensten Formen für seine sozialen Pläne zu interessieren suchte.

Das soziale Ideal Tolstois ist also nichts anderes als Sozialismus. Will man aber den sozialen Kern und die Tiefe seiner Ideen in schlagendster Weise erkennen, so muss man sich nicht sowohl an seine Traktate über ökonomische und politische Fragen, sondern an seine Schriften *über die Kunst* wenden, die übrigens auch in Russland zu den am wenigsten bekannten gehören. Der Gedankengang, den Tolstoi hier in glänzender Form entwickelt, ist folgender: Die Kunst ist – entgegen allen ästhetischen und philosophischen Schulmeinungen – nicht ein Luxusmittel, in schönen Seelen die Gefühle der Schönheit, der Freude oder dergleichen auszulösen, sondern eine wichtige geschichtliche Form des gesellschaftlichen Verkehrs der Menschen untereinander wie die Sprache. Nachdem er durch eine köstliche Abschlachtung aller Kunstdefinitionen von Winckelmann und Kant bis Taine[19] diesen echt materialistisch-historischen Maßstab gewonnen hat, tritt Tolstoi mit demselben in der Hand an die gegenwärtige Kunst heran und findet, dass der Maßstab in keinem Gebiet und in keinem Stück auf die Wirklichkeit passt; die gesamte bestehende Kunst ist – mit einigen ganz geringen Ausnahmen – der großen Masse der Gesellschaft, nämlich dem arbeitenden Volke, unverständlich. Statt daraus mit der landläufigen Meinung auf die geistige Rohheit der großen Masse und die Notwendigkeit ihrer »Hebung« zum Verständnis der heutigen Kunst zu schließen, zieht Tolstoi den umgekehrten Schluss: Er erklärt die gesamte bestehende Kunst für »falsche Kunst«. Und die Frage, wie ist es denn gekommen, dass wir seit Jahrhunderten eine »falsche« statt einer »wahren«, d.h. volkstümlichen Kunst haben, führt ihn zu einem weiteren kühnen Ausblick: eine wahre Kunst hätte es in den uralten Zeiten gegeben, wo das gesamte Volk eine gemeinsame Weltanschauung – Tolstoi nennt sie »Religion« – hatte; aus dieser seien solche Werke wie Homers Epos oder die Evangelien entstanden. Seit jedoch die Gesellschaft in eine ausgebeutete große Masse und eine kleine herrschende Minderheit zerklüftet sei, diene die Kunst nur dazu, die Gefühle der reichen und müßigen Minderheit auszudrücken, da dieser aber heute jede Weltanschauung überhaupt abhandengekommen sei, so hätten wir den Verfall und die Ausartung, die die moderne Kunst charakterisieren. Zu einer »wahren Kunst« kann es nach Tolstoi nur dann kommen, wenn sie aus einem Ausdrucksmittel der herrschenden Klassen wieder zur Volkskunst, d.h. zum

Ausdruck einer gemeinsamen Weltanschauung der arbeitenden Gesellschaft, wird. Und mit starker Faust schleudert er in das Verdammnis der »schlechten, falschen Kunst« die größten und kleinen Werke der berühmtesten Sterne der Musik, der Malerei, der Dichtkunst hinab und zum Schluss – seine sämtlichen eigenen herrlichen Werke. »Sie stürzt, sie zerfällt, die schöne Welt, ein Halbgott hat sie zerschlagen.«[20] Nur noch einen letzten Roman – *Auferstehung* – schrieb er seitdem, sonst hielt er es nur für wert, einfache, kurze Volksmärchen und Traktätchen zu schreiben, »die jedermann verständlich sind«.

Der schwache Punkt Tolstois: die Auffassung der ganzen Klassengesellschaft als einer »Verirrung« statt einer historischen Notwendigkeit, die die beiden Endpunkte seiner geschichtlichen Perspektive, den Urkommunismus und die sozialistische Zukunft, verbindet, liegt auf der Hand. Wie alle Idealisten, glaubt er ja auch an die Allmacht der Gewalt und erklärt die ganze Klassenorganisation der Gesellschaft als das bloße Produkt einer langen Kette nackter Gewaltakte. Aber eine wahrhaft klassische Größe liegt in dem Gedanken über die Zukunft der Kunst, die Tolstoi zugleich in der Vereinigung der Kunst als Ausdrucksmittel mit dem sozialen Empfinden der arbeitenden Menschheit und der Ausübung der Kunst, d. h. der Künstlerlaufbahn, mit dem normalen Leben eines arbeitenden Gesellschaftsgliedes erblickt. Die Sätze, in denen Tolstoi das Abnorme in der Lebensweise des heutigen Künstlers geißelt, der nichts anderes tat als »seiner Kunst leben«, sind von lapidarer Wucht, und es liegt ein echt revolutionärer Radikalismus darin, wenn er die Hoffnungen zerschlägt, eine Verkürzung der Arbeitszeit und Hebung der Bildung in den Massen werde ihnen das Verständnis für die Kunst, wie sie heute gestaltet ist, verschaffen:

»Das alles sagen die Verteidiger der heutigen Kunst mit Vorliebe, doch bin ich überzeugt, daß sie selbst nicht glauben, was sie sagen. Sie wissen wohl, daß die Kunst, wie sie sie auffassen, die Unterdrückung der Massen zur notwendigen Bedingung hat und sich auch durch die Aufrechterhaltung dieser Unterdrückung selbst aufrechterhalten kann. Es ist unerlässlich, dass sich Massen von Arbeitern in der Arbeit erschöpfen, damit unsre Künstler, Schriftsteller, Musiker, Sänger und Maler auf den Grund der Vollkommenheit gelangen, der ihnen gestattet, uns Vergnügen zu bereiten [...]. Doch selbst angenommen, daß diese Unmöglichkeit möglich ist und daß man ein Mittel fände, die Kunst, wie man sie auffasst, dem Volke zugänglich zu machen, so drängt sich eine Betrachtung auf, die beweist, daß diese Kunst nicht eine universelle sein könnte: nämlich der Umstand, daß sie für das Volk völlig unverständlich ist. Früher schrieben die Dichter lateinisch, doch jetzt sind die künstlerischen Erzeugnisse unsrer Dichter ebenso unverständlich für den gemeinen Menschen als wären sie in Sanskrit[21] geschrieben.

Man wird nun antworten, die Schuld liege an dem Mangel von Kultur und Entwicklung des gemeinen Menschen, und unsre Kunst werde von allen dann verstanden werden, wenn sie eine genügende Erziehung genossen haben. Das ist wieder eine unsinnige Antwort, denn wir sehen, daß die Kunst der höheren Klassen zu jeder Zeit nur ein einfacher Zeitvertreib für diese Klassen selbst gewesen ist, ohne daß die übrige Menschheit etwas davon begriffen hat. Die unteren Klassen mögen sich noch so sehr zivilisieren, die Kunst, die von Anfang an nicht für sie geschaffen war, wird ihnen stets unzugänglich bleiben [...]. Für den denkenden und aufrichtigen Menschen ist es eine unbestreitbare Tatsache, daß die Kunst der höheren Klassen nie die Kunst der ganzen Nation werden kann.«

Der das schrieb, ist in jedem Zoll mehr Sozialist und auch historischer Materialist als jene Parteigenossen, die, in der neuerdings aufgekommenen Kunstfexerei[22] machend, mit gedankenloser Geschäftigkeit die sozialdemokratische Arbeiterschaft zum Verständnis für die dekadente Kleckserei eines Slevogt[23] oder eines Hodler[24] »erziehen« wollen.

So muss Tolstoi in seiner Stärke wie in seinen Schwächen, im tiefen und scharfen Blick seiner Kritik, im kühnen Radikalismus seiner Perspektiven wie im idealistischen Glauben an die Macht des subjektiven Bewusstseins in die Reihe der großen Utopisten des Sozialismus gestellt werden. Es ist nicht seine Schuld, sondern sein historisches Pech, dass er mit seinem langen Leben von der Schwelle des 19. Jahrhunderts, an der die Saint-Simon, Fourier und Owen als *Vorläufer* des modernen Proletariats standen, bis an die Schwelle des 20. reicht, wo er als Einzelgänger dem jungen Riesen verständnislos gegenübersteht. Aber die reife revolutionäre Arbeiterklasse kann ihrerseits dem großen Künstler und dem kühnen Revolutionär und Sozialisten trotz seiner selbst mit verständnisinnigem Lächeln heute die ehrliche Hand drücken, die die guten Worte geschrieben hat:

> »Jeder kommt auf seinem Wege zur Wahrheit, eins aber muss ich sagen: Das, was ich schreibe, sind nicht nur Worte, sondern ich lebe danach, darin ist mein Glück, und damit werde ich sterben.«

Friedensutopien

I

Leipzig, 6. Mai [1911]

Die Agitation zu den Reichstagswahlen[1] wird von unsrer Partei allenthalben mit Frische und Eifer begonnen. Ihre allgemeine und denkbar glücklichste Einleitung war aber die glänzende Maifeier, die sich trotz aller abmahnenden Einflüsse und lähmender Einwirkungen aus Kreisen, welche die Maifeier als einen »lahmen Klepper« betrachten, zu einem imposanten Demonstrationsmassenstreik gestaltet hat. Hier hat sich wieder gezeigt, wie viel begeisterte Kampfstimmung und opferfreudiger Idealismus in den Arbeitermassen lebendig sind. Umso mehr wird es zur dringenden Aufgabe der Partei, die diesjährige Reichstagswahlagitation nicht bloß zum Kampf um eine möglichst große Anzahl von Wählern und Mandaten, sondern in erster Linie zu einer Periode intensiver Aufklärung über die Grundsätze und die ganze Weltanschauung der Sozialdemokratie zu gestalten. Einer der Zentralpunkte des Wahlkampfes und der Agitation wird naturgemäß wieder die *Frage des Militarismus* sein. Und im Hinblick darauf gewinnt die Klärung unsres Standpunkts in dieser Frage, die sich an die jüngste Debatte im Reichstag geknüpft hat, dauernde und weittragende Bedeutung.

Wenn lediglich die Frage zur Diskussion stehen würde, ob unsre Reichstagsfraktion recht gehandelt hatte, einen Antrag einzubringen, der die deutsche Regierung zu Abmachungen behufs[2] Einschränkung der Rüstungen aufforderte, so hätte der Streit sicher kein ernstes Interesse beanspruchen können. Da wir uns der parlamentarischen Tribüne als eines der wirksamsten Agitationsmittel bedienen müssen, so erscheint es als einfache Pflicht der sozialdemokratischen Abgeordneten, jede

Gelegenheit auszunützen, um die Auffassung der Partei über wichtigste Erscheinungen des öffentlichen Lebens derjenigen der herrschenden Klassen entgegenzustellen. Gebunden an parlamentarische Bedingungen, muss die Fraktion naturgemäß zu der Form von Interpellationen, Anträgen und dergleichen Zuflucht nehmen. Und da ist es zweifellos sehr verdienstlich von unsrer Reichstagsfraktion, dass sie die Gelegenheit ergriffen hat, um eine großzügige Debatte über die Frage des Militarismus einzuleiten und die Vertreter der herrschenden Klassen zur offenen Sprache zu zwingen. Die Formulierung des Antrags selbst, dessen sich die sozialdemokratischen Abgeordneten hierbei bedienen, spielt an sich eine ziemlich untergeordnete Rolle. Nicht in der Antragsformel, sondern in der Begründung des Antrags, in den dabei gehaltenen Reden unsrer Fraktion kommt der Standpunkt der Partei zum Ausdruck. Soll doch der parlamentarische Antrag oft nur der Haken sein, an den unsre Agitation auf der Reichstagstribüne notgedrungen gehängt wird.

Die eigentliche Frage also, die für weitere Kreise der Partei Bedeutung hat, ist die, ob unsre Partei in der von ihr herbeigeführten Debatte den grundsätzlichen Standpunkt der Sozialdemokratie klar und konsequent vertreten, ob sie durch diese Debatte dazu beigetragen hat, in den Massen die sozialdemokratische Auffassung vom Wesen des Militarismus und der kapitalistischen Gesellschaftsordnung zu verbreiten, um auf diese Weise für den Sozialismus gute Werbearbeit zu leisten.

Die Beantwortung dieser Frage hängt ganz davon ab, welche Seite man in unsrer Stellung zum Militarismus als die wichtigste und ausschlaggebende betrachtet. Würde der Standpunkt der Sozialdemokratie sich darin erschöpfen, der Welt bei jeder Gelegenheit vorzudemonstrieren, dass unsre Partei eine unbedingte Anhängerin des Friedens und glühende Gegnerin militärischer Rüstungen ist, während die Regierung die

Schuld an dem militärischen Wettrüsten trägt, dann könnten wir mit unsrer Leistung bei der jüngsten Reichstagsdebatte vollauf zufrieden sein. Allein das wäre kaum ein genügendes Resultat der großen und wichtigen Aktion. Unsre Aufgabe besteht nicht bloß darin, die Friedensliebe der Sozialdemokratie jederzeit kräftig zu demonstrieren, sondern in erster Linie darin, die Volksmassen über das Wesen des Militarismus aufzuklären und den prinzipiellen Unterschied zwischen der Stellung der Sozialdemokratie und derjenigen der bürgerlichen Friedensschwärmer scharf und klar herauszuheben. Worin besteht aber dieser Unterschied? Gewiss nicht darin allein, dass die bürgerlichen Friedensapostel auf die Einwirkung schöner Worte lauern, während wir uns auf Worte allein nicht verlassen. Unser ganzer Ausgangspunkt ist ein diametral entgegengesetzter: Die Friedensfreunde aus bürgerlichen Kreisen glauben, dass sich Weltfriede und Abrüstung im Rahmen der heutigen Gesellschaftsordnung verwirklichen lassen, wir aber, die wir auf dem Boden der materialistischen Geschichtsauffassung und des wissenschaftlichen Sozialismus stehen, sind der Überzeugung, dass der Militarismus erst mit dem kapitalistischen Klassenstaate zusammen aus der Welt geschafft werden kann. Daraus ergibt sich auch die entgegengesetzte Taktik bei der Propagierung der Friedensidee. Die bürgerlichen Friedensfreunde sind bemüht – und das ist von ihrem Standpunkte ganz logisch und erklärlich –, allerlei »praktische« Projekte zur allmählichen Eindämmung des Militarismus zu ersinnen, so wie sie naturgemäß geneigt sind, jedes äußere, scheinbare Anzeichen einer Tendenz zum Frieden für bare Münze zu nehmen, jede Äußerung der herrschenden Diplomatie nach dieser Richtung beim Wort zu fassen und zum Ausgangspunkt einer ernsten Aktion aufzubauschen. Die Sozialdemokratie kann umgekehrt hier, wie in allen Stücken der sozialen Kritik, ihren Beruf nur darin erblicken, die bürgerlichen Anläufe zur Eindämmung des Militarismus als jämmerliche Halbheiten, die Äußerungen in diesem Sinne, namentlich aus Regierungskreisen, als diplomatisches Schattenspiel zu entlarven und dem bürgerlichen Wort und Schein die rücksichtslose Analyse der kapitalistischen Wirklichkeit entgegenzustellen. Dies war z. B. das Verhalten unsrer Partei auch der Haager Konferenz[3] gegenüber. Während sie von Opportunisten verschiedener Länder mit dem üblichen kleinbürgerlichen Optimismus als ein segensreicher Ansatz zum Weltfrieden gepriesen wurde – noch vor zwei Jahren hatte Genosse Treves[4] im römischen Abgeordnetenhaus in einer schwungvollen Rede den Vorschlag gemacht, der Haager Konferenz zur Feier ihres zehnjährigen Jubiläums eine Ehrung darzubringen –, hat die deutsche Sozialdemokratie für die holde Schöpfung des Blutzaren[5] und seiner europäischen Kollegen nur den verdienten Hohn als für ein dreistes Possenspiel übriggehabt.

Von demselben Standpunkt kann die Aufgabe der Sozialdemokratie gegenüber Kundgebungen in der Art derjenigen der englischen Regierung[6] nur die sein, die Idee einer teilweisen *Einschränkung* militärischer Rüstungen als eine Halbheit in ihrer Aussichtslosigkeit zu beleuchten und sie auf die Spitze zu treiben, dem Volke klar auseinanderzusetzen, dass der Militarismus mit der Kolonialpolitik, Zollpolitik, Weltpolitik aufs engste verknüpft ist, dass also die heutigen Staaten, wenn sie dem Wettrüsten ernstlich und aufrichtig Einhalt gebieten wollten, damit anfangen müssten, handelspolitisch abzurüsten, koloniale Raubzüge ebenso wie die Weltpolitik der Interessensphären in allen Weltteilen aufzugeben, mit einem Wort, in der äußeren wie der inneren Politik das direkte Gegenteil von dem tun, was das Wesen der heutigen Politik eines kapitalistischen Klassenstaats ist. Damit wäre klar zum Ausdruck gebracht, was den Kern der sozialdemokratischen Auffassung bildet: dass der Militarismus in seinen beiden Formen – als Krieg wie als bewaffneter Friede – ein legitimes Kind, ein logisches Ergebnis des Kapitalismus ist, das nur mit dem Kapitalismus zusammen überwunden werden kann, dass also, wer aufrichtig den Weltfrieden und die Befreiung von der furchtbaren Last der Rüstungen wolle, auch den Sozialismus wollen müsse. Nur auf diesem Wege lässt sich aus Anlass der Abrüstungsdebatte wirklich sozialdemokratische Aufklärung und Werbearbeit leisten.

Diese Arbeit wird hingegen ziemlich erschwert, die Stellung der Sozialdemokratie wird unklar und schillernd, wenn durch eine seltsame Rollenverwechslung unsre Partei dem bürgerlichen Staate umgekehrt partout einzureden sucht, er könne sehr wohl die militärischen Rüstungen einschränken und den Frieden herbeiführen, und zwar von seinem eignen Standpunkte, dem eines kapitalistischen Klassenstaats. Freilich hat unsre Reichstagsfraktion bei der jüngsten Debatte durchaus nicht restlos die Möglichkeit einer völligen Abschaffung des Militarismus und der Kriege im Rahmen der bürgerlichen Ordnung zugegeben, Genosse Ledebour[7] hat vielmehr kräftige Verwahrungen dagegen eingelegt. Aber gerade daraus ergab sich, dass der gleichzeitigen eifrigen Befürwortung einer teilweisen Abrüstung ein seltsamer Kompromissstandpunkt, der zwischen den beiden Standpunkten, dem der bürgerlichen Friedensapostel und dem der Sozialdemokratie, die Mitte hält, die völlige Überwindung des Militarismus in der heutigen Gesellschaft leugnet, eine teilweise aber für möglich hält, eine Friedensära mitten in der kapitalistischen Welt heraufziehen sieht und doch an der Unvermeidlichkeit der sozialen Revolution festhält.

Es war bis jetzt der Stolz und die feste wissenschaftliche Basis unsrer Partei, dass wir sowohl die allgemeinen Programmdirektiven wie auch die Losungen[8] unsrer praktischen Tagespolitik nicht aus freien Stücken als Wünschenswertes ersannen, sondern uns in allen Dingen auf die Erkenntnis der Tendenzen der gesellschaftlichen Entwicklung stützen, die objektiven Richtlinien dieser Entwicklung zum Maßstab unsrer Stellungnahme machten. Nicht die Möglichkeit vom Standpunkt des jeweiligen Kräfteverhältnisses im Staat, sondern die Möglichkeit vom Standpunkte der Entwicklungstendenzen der Gesellschaft war uns bis jetzt immer maßgebend. Wenn wir den gesetzlichen Achtstundentag immer wieder fordern, obgleich diese Forderung in den heutigen Parlamenten völlig aussichtslos ist, so deshalb, weil sie gerade auf der Linie der fortschrittlichen Entwicklung der Produktivkräfte, der Technik, der internationalen Konkurrenz des Kapitalismus liegt. Nur weil der Achtstundentag zugleich ein enormer revolutionierender Schritt in der Aufklärung und Organisation der Arbeiterklasse wäre, sträubt sich die Bourgeoisie aus allen Kräften dagegen. Wirtschaftlich jedoch wäre der Kapitalismus durch die Einführung des Achtstundentags nicht bloß in seiner Entwicklung nicht aufgehalten, sondern er würde dadurch seine höchste, fortschrittlichste Stufe erklimmen. Die Einschränkung der Rüstungen hingegen, eine Rückbildung des Militarismus, liegt nicht auf der Linie der Fortentwicklung des internationalen Kapitalismus, sondern er könnte sich nur aus der *Stagnation* der kapitalistischen Entwicklung ergeben. Nur wer einen Stillstand in der Weltpolitik erhofft – und diese ist das höchste und letzte Stadium der kapitalistischen Entwicklung –, kann einen Stillstand in den Fortschritten des Militarismus für wahrscheinlich halten. Die Weltpolitik und der ihr dienende Militarismus zu Lande und zu Wasser, in Kriegs- und Friedenszeiten, ist doch nichts andres als die spezifisch kapitalistische Methode, internationale Gegensätze zugleich zu entwickeln und zum Austrag zu bringen. Mit der Fortentwicklung des Kapitalismus und des Weltmarkts wachsen und steigern sich diese Gegensätze zusammen mit den inneren Klassengegensätzen ins Ungemessene, bis sie zur Unmöglichkeit werden und die soziale Revolution herbeiführen. An die Möglichkeit, diese internationalen Konflikte abflauen, sich mildern und verwischen zu lassen, kann nur glauben, wer an die Milderung und Abstumpfung der Klassengegensätze, an die Eindämmung der wirtschaftlichen Anarchie des Kapitalismus glaubt. Sind doch die internationalen Gegensätze der kapitalistischen Staaten nur die andre Seite der Klassengegensätze, die weltpolitische Anarchie nur die Kehrseite der anarchischen Produktionsweise des Kapitalismus. Beide können nur zusammen wachsen und zusammen überwunden werden. »Ein bisschen Ordnung und Friede« ist deshalb genauso unmöglich, genauso eine kleinbürgerliche Utopie in Bezug auf den kapitalistischen Weltmarkt wie auf die Weltpolitik, auf die Einschränkung der Krisen wie auf die Einschränkung der Rüstungen.

Werfen wir einen Blick auf die Vorgänge der letzten 15 Jahre der internationalen Entwicklung. Wo zeigt sich da irgendeine Tendenz zum Frieden, zum Abrüsten, zur schiedlichen Beilegung der Gegensätze?

Wir hatten in diesen 15 Jahren: 1895 den Krieg zwischen Japan und China, der das Präludium[9] der ostasiatischen Periode der Weltpolitik bildete, 1898 den Krieg zwischen Spanien und den Vereinigten Staaten, 1899–1902 den Burenkrieg[10] Englands in Südafrika, 1900 den Chinafeldzug[11] der europäischen Großmächte, 1904 den Russisch-Japanischen Krieg[12], 1904–1907 den deutschen Hererokrieg[13] in Afrika; dazu kommt 1908 die militärische Intervention Russlands in Persien, im gegenwärtigen Moment die Militärintervention Frankreichs in Marokko, ohne der unaufhörlichen Kolonialscharmützel in Asien und in Afrika zu gedenken. Schon die nackten Tatsachen zeigen also, dass seit 15 Jahren beinahe kein Jahr ohne eine Kriegsaktion vergangen ist.

Doch wichtiger ist noch die nachhaltige Rückwirkung jener Kriege. Dem Krieg mit China folgte in Japan eine militärische Reorganisation, die zehn Jahre später das Kriegsunternehmen gegen Russland ermöglichte und Japan zur militärischen Vormacht im Stillen Ozean machte. Der Burenkrieg zog nach sich eine militärische Reorganisation Englands, die Stärkung seiner bewaffneten Macht zu Lande. Der Krieg mit Spanien ist in den Vereinigten Staaten zum Ausgangspunkt einer Reorganisation der Kriegsflotte geworden und hat die Vereinigten Staaten zu einer Kolonialmacht mit weltpolitischen Interessen in Asien gemacht, den Keim des Interessengegensatzes zwischen den Vereinigten Staaten und Japan im Stillen Ozean geschaffen. Den Chinafeldzug begleitete in Deutschland eine grundlegende militärische Reorganisation, nämlich das große Flottengesetz des Jahres 1900, von dem das Wettrennen Deutschlands mit England zur See und die Verschärfung des Gegensatzes zwischen beiden Staaten datiert.

Weiter kommt aber eine andre hochwichtige Erscheinung hinzu, das soziale und politische Erwachen der Hinterländer, der Kolonien und der »Interessensphären« zum selbständigen Leben. Die Revolution in der Türkei, in Persien, die revolutionäre Gärung in China, in Indien, in Ägypten, in Arabien, in Marokko, in Mexiko sind ebenso viele Ausgangspunkte weltpolitischer Gegensätze, Spannungen, militärischer Aktionen und Rüstungen. Gerade im Laufe der verflossenen anderthalb Jahrzehnte haben sich also die Reibungsflächen der internationalen Politik beispiellos vergrößert, eine Reihe neuer Staaten sind in den aktiven Kampf auf der Weltbühne getreten, alle Großmächte machten eine gründliche militärische Reorganisation durch. Die Gegensätze haben infolge all dieser Vorgänge eine nie dagewesene Zuspitzung erreicht, und der Prozess dauert immer weiter, da einerseits die Gärung im Orient mit jedem Tage zunimmt, anderseits jede neue Vereinbarung zwischen den Militärmächten unvermeidlich zum Ausgangspunkt neuer Konflikte wird. Die Revaler Entente zwischen Russland, England und Frankreich[14], die Jaurès[15] als eine Gewähr des Weltfriedens feierte, führte zur Verschärfung der Krise auf dem Balkan, beschleunigte den Ausbruch der türkischen Revolution, ermutigte Russland zur militärischen Aktion in Persien und führte zur Annäherung zwischen der Türkei und Deutschland, die ihrerseits den deutsch-englischen Gegensatz zuspitzte. Die Potsdamer Vereinbarung[16] hat die Verschärfung der Krise in China zur Folge, und von derselben Wirkung war die russisch-japanische Verständigung.

Rechnet man also einfach mit Tatsachen, so hieße es absichtlich die Augen verschließen, wenn man nicht einsehen wollte, dass aus diesen Tatsachen alles andre denn eine Milderung der internationalen Konflikte und irgendwelche Ansätze zum Weltfrieden sprechen.

Wie kann man angesichts dessen von Friedenstendenzen der bürgerlichen Entwicklung reden, die angeblich ihre Kriegstendenzen durchkreuzen und überwinden? Worin sind sie zum Ausdruck gekommen?

In der Kundgebung Sir Edward Greys[17] und des französischen Parlaments? In der »Rüstungsmüdigkeit« der Bourgeoisie? Aber die mittleren und die kleinbürgerlichen Schichten der Bourgeoisie stöhnen seit jeher über die Last des Militarismus, genauso wie sie über die Verwüstungen der freien Konkurrenz, über die wirtschaftlichen Krisen, über die Gewissenlosigkeit der Börsenspekulation, über den Terrorismus der Kartelle und Trusts[18] stöhnen. Die Tyrannei der Trustmagnaten in Amerika hat sogar einen ganzen Aufruhr breiter Volksschichten und eine langwierige Aktion der Staatsgewalten gegen sie hervorgerufen. Erblickt etwa die Sozialdemokratie hierin die Anzeichen einer beginnenden Einschränkung der Trustentwicklung, oder hat sie nicht vielmehr für jenen kleinbürgerlichen Aufruhr ein mitleidiges Achselzucken und für jene Staatsaktion nur ein höhnisches Lächeln übrig? Die »Dialektik« der Friedenstendenz der kapitalistischen Entwicklung, die ihre Kriegstendenz angeblich durchkreuzt und über sie obsiegt, läuft einfach auf die alte Binsenwahrheit hinaus, dass die Rosen der kapitalistischen Profitmacherei wie der Klassenherrschaft eben auch für die Bourgeoisie nicht ohne Dornen sind, die sie jedoch trotz Weh und Ach immer noch lieber um ihr Dulderhaupt[19], solange es geht, zu tragen vorzieht, als sie mitsamt dem Haupt auf den gutgemeinten Rat der Sozialdemokratie loszuwerden.

Dies den Massen auseinanderzusetzen, alle Illusionen in Bezug auf die Friedensmache von bürgerlicher Seite rücksichtslos zu zerzausen und die proletarische Revolution als den einzigen und ersten Akt des Weltfriedens zu erklären, das ist die Aufgabe der Sozialdemokratie angesichts aller Abrüstungspossen, ob sie in Petersburg, London oder Berlin arrangiert werden.

Sich selbst und andern klaren Wein einschenken ist allezeit die beste praktische Politik für die Partei des revolutionären Proletariats gewesen. Und dies ist doppelt unsre Aufgabe in der beginnenden Agitation zu den Reichstagswahlen, wenn wir nicht bloß in die Breite, sondern auch in die Tiefe an Macht und Einfluss zunehmen wollen.

II

Leipzig, den 8. Mai [1911]

Das Utopische des Standpunkts, der eine Friedensära und die Rückbildung des Militarismus in der heutigen Gesellschaft erwartet, kommt deutlich darin zum Ausdruck, dass er zur Projektenmacherei Zuflucht nimmt. Es ist ja typisch für utopische Bestrebungen, dass sie, um ihre Realisierbarkeit zu beweisen, möglichst detaillierte »praktische« Rezepte aushecken. Dahin gehört auch das Projekt der »Vereinigten Staaten Europas« als Basis zur Einschränkung des internationalen Militarismus.

»Wir unterstützen«, sagte Genosse Ledebour[20] in seiner Etatsrede im Reichstag am 3. April,

> »alle die Bestrebungen, die darauf hinauslaufen, die fadenscheinigen Vorwände für die unaufhörliche Kriegsrüstung zu beseitigen. Wir fordern den wirtschaftlichen und politischen Zusammenschluss der europäischen Staaten. Ich bin fest überzeugt: wenn auch sicher in der Zeit des Sozialismus, so kann es doch auch schon früher dazu kommen, dass wir die *Vereinigten Staaten von Europa* erleben, wie wir heutigentags den Vereinigten Staaten von Amerika im Wettbewerb gegenüberstehen. Wir stellen wenigstens an die kapitalistische Gesellschaft, an die kapitalistischen Staatsmänner die Forderung, dass sie im Interesse der kapitalistischen Entwicklung in Europa selbst, um Europa später in der Weltkonkurrenz nicht vollkommen unter den Schlitten kommen zu lassen[21], diesen Zusammenschluss Europas zu den Vereinigten Staaten von Europa vorbereiten.«

Und in der *Neuen Zeit* vom 28. April schreibt Genosse Kautsky[22]:

> »Und die Verwirklichung solcher Verständigungen böte noch keine Garantie für eine ständige Fortdauer des Friedens, die das Gespenst des Krieges für immer bannte.
>
> Dafür gibt es heute nur einen Weg: die Vereinigung der Staaten der europäischen Zivilisation in einem Bunde mit gemeinsamer Handelspolitik, einem Bundesparlament, einer Bundesregierung und einem Bundesheer – die Herstellung der *Vereinigten Staaten von Europa*.

Gelänge dies, so wäre Ungeheures erreicht. Diese Vereinigten Staaten besäßen eine solche Übermacht, dass sie ohne jeglichen Krieg alle andern Nationen, soweit sie sich ihnen nicht freiwillig anschlössen, dazu zwingen könnten, ihre Armeen aufzulösen, ihre Flotten aufzugeben. Damit hörte aber auch für die neuen Vereinigten Staaten selbst jede Notwendigkeit einer Bewaffnung auf. Sie könnten nun nicht bloß auf alle weiteren Rüstungen, auf das stehende Heer, auf die Angriffswaffen zur See verzichten, deren Aufgeben wir heute schon fordern, sondern auch auf jegliches Mittel der Verteidigung, auf das Milizsystem selbst.

Damit wäre die Ära des ewigen Friedens sicher begründet.«

Zunächst muss festgestellt werden, dass diese Idee jedenfalls in der Parteiagitation ganz neu ist. Weder enthält unser Minimalprogramm auch nur eine Erwähnung einer solchen Konstruktion, noch haben sich je unsre Parteitage oder internationale Kongresse damit befasst, noch ist sie auch nur in der Parteiliteratur je ernstlich diskutiert worden. Und es hat gewiss sein Missliches, wenn solche ad hoc[23], gewissermaßen aus dem Handgelenk geschaffenen Einfälle, die starke Züge eines Verlegenheitsprodukts an sich tragen, von der Tribüne des Parlaments offiziell im Namen der Gesamtpartei befürwortet werden. Es werden auf diese Weise nicht nur vor den bürgerlichen Gegnern, sondern auch in sozialistischen Kreisen im Auslande als Gedankenausdruck der deutschen Sozialdemokratie Ansichten vertreten, die schon, rein formal genommen, durchaus keinen Anspruch darauf erheben können.

So plausibel die Idee der Vereinigten Staaten Europas als einer Friedenskonvention auf den ersten Blick vielleicht manchem erscheinen mag, sie hat gleichwohl bei näherem Zusehen mit der Denkweise und den Standpunkten der Sozialdemokratie nicht das geringste zu tun.

Als Anhänger der materialistischen Geschichtsauffassung vertraten wir bis jetzt immer den Standpunkt, dass die modernen Staaten als politische Gebilde nicht künstliche Produkte einer schöpferischen Phantasie, wie z. B. das Herzogtum Warschau napoleonischen Angedenkens[24], sondern historische Produkte der wirtschaftlichen Entwicklung sind. Mag das Moment der dynastischen Interessen vom Mittelalter her die Grenzen und die Zusammensetzung der heutigen Staaten, wie z. B. der österreichisch-ungarischen Monarchie, noch sosehr bestimmend beeinflusst haben, die später hinzugetretene kapitalistische Entwicklung hat in dem losen Gemengsel von Ländern und Provinzen des Staates wirtschaftliche Zusammenhänge geschaffen, die gemeinsame Klassenherrschaft der Bourgeoisie hat den politischen Reifen um das Ganze[25] gelegt. Die Vereinigten Staaten von Amerika sind in ihrer jetzigen Gestalt als enormes Wirtschaftsgebiet und politische Macht gleichfalls das Produkt eines Jahrhunderts kapitalistischer Entwicklung innerhalb gemeinsamer Staatsgrenzen.

Welche wirtschaftliche Grundlage liegt aber der Idee einer europäischen Staatenföderation zugrunde? Europa ist wohl ein geographischer und in gewissen Grenzen ein kulturhistorischer Begriff. Die Vorstellung jedoch von Europa als einem Wirtschaftsganzen widerspricht zwiefach der kapitalistischen Entwicklung. Einerseits bestehen innerhalb Europas unter den kapitalistischen Staaten – und solange diese existieren – die heftigsten Konkurrenzkämpfe und Gegensätze, anderseits kommen die europäischen Staaten wirtschaftlich ohne die außereuropäischen Länder gar nicht mehr aus. Als Lieferanten der Lebensmittel, Rohstoffe und Fabrikate wie als Abnehmer derselben sind die übrigen Weltteile mit Europa tausendfältig verknüpft. Bei dem heutigen Entwicklungsstadium des Weltmarkts und der Weltwirtschaft ist der Begriff von Europa als einem gesonderten Wirtschaftsganzen ein lebloses Hirngespinst. Europa bildet ebenso wenig ein in sich zusammenhängendes besonderes Ganzes innerhalb der Weltwirtschaft wie Asien oder Amerika.

Ist die Idee des europäischen Zusammenschlusses wirtschaftlich längst überholt, so nicht minder politisch. Sie ist im Grunde genommen nur ein demokratisch aufgeputzter Abklatsch der Idee vom Konzert der europäischen Mächte, das als der bewegende Mittelpunkt, als die Zentralsonne des politischen Weltalls die Geschicke entschied. Die Zeiten aber, wo der Schwerpunkt der politischen Entwicklung und die Kristallisationsachse der kapitalistischen Gegensätze auf dem europäischen Kontinent lagen, sind längst vorbei. Zu Beginn des 19. Jahrhunderts und traditionell noch bis zur Märzrevolution[26] lag der Mittelpunkt der internationalen Politik in dem Gebiet des aufgeteilten Polens, an der deutsch-russisch-österreichischen Grenze. In den fünfziger Jahren[27] verschob er sich an den Bosporus. Die siebziger Jahre schufen mit dem Deutsch-Französischen Krieg einen neuen Schwerpunkt, um den sich der Zweibund und der Dreibund[28] als die Pfeiler des europäischen Gleichgewichts gruppiert haben. Damals hätte die Utopie der europäischen Föderation wenigstens einen historischen Sinn gehabt. Mit den achtziger Jahren begann aber eine ganz neue Ära der internationalen Politik – es setzten die Kolonialeroberungen mit erneuter Wucht ein, denen in den neunziger Jahren der allgemeine Wettlauf der Weltpolitik um überseeische Einflusssphären, in dem letzten Jahrzehnt das allgemeine Erwachen des Orients folgte. Heute ist Europa nur ein Glied in der wirren Kette internationaler Zusammenhänge und Gegensätze. Und was das Entscheidende: Die europäischen Gegensätze selbst spielen jetzt gar nicht mehr auf dem europäischen Kontinent, sondern in sämtlichen Weltteilen und Ozeanen.

Nur wenn man plötzlich all diese Vorgänge und Verschiebungen aus den Augen verliert und sich in die seligen Zeiten des europäischen Konzerts zurückversetzt, kann man z. B. davon reden, dass wir seit 40 Jahren[29] einen ununterbrochenen Frieden haben. Dieser Standpunkt, für den nur die Vorgänge auf dem europäischen Kontinent existieren, bemerkt gar nicht, dass wir gerade deshalb seit Jahrzehnten keinen Krieg in Europa haben, weil die internationalen Gegensätze über die engen Schranken des europäischen Kontinents ins ungemessene hinausgewachsen sind, weil europäische Fragen und Interessen jetzt auf dem Weltmeer und nicht in dem europäischen Krähwinkel[30] ausgefochten werden.

Die »Vereinigten Staaten Europas« sind also eine Idee, die sowohl wirtschaftlich wie politisch dem Gang der Entwicklung direkt zuwiderläuft, von den Vorgängen des letzten Vierteljahrhunderts gar keine Notiz nimmt.

Dass eine mit der Entwicklungstendenz so wenig übereinstimmende Idee trotz aller radikalen Allüren im Grunde genommen keine fortschrittliche Losung abgeben kann, bewahrheitet sich auch an dem Einfall der »Vereinigten Staaten Europas«. Nicht von sozialdemokratischen Parteien, sondern von *bürgerlicher* Seite ist bis jetzt von Zeit zu Zeit die Idee eines europäischen Zusammenschlusses aufgeworfen worden. Dies geschah aber jedes Mal mit deutlicher *reaktionärer* Tendenz. Es war z. B. der bekannte Sozialistenfeind Prof. Julius Wolf[31], der die europäische Wirtschaftsgemeinschaft propagierte. Sie bedeutete aber nichts andres als eine Zollgemeinschaft *zum handelspolitischen Kriege gegen die Vereinigten Staaten von Amerika* und ist auch so von sozialdemokratischer Seite aufgenommen und kritisiert worden. Und jedes Mal, wo bürgerliche Politiker die Idee des Europäertums, des Zusammenschlusses europäischer Staaten auf den Schild erhoben, da war es mit einer offenen oder stillschweigenden Spitze gegen die »gelbe Gefahr«, gegen den »schwarzen Weltteil«, gegen die »minderwertigen Rassen«, kurz, es war stets eine imperialistische Missgeburt.

Und wenn wir als Sozialdemokraten jetzt versuchen sollten, diesen alten Schlauch mit neuem, scheinbar revolutionärem Wein zu füllen, so muss man sagen, dass die *Konsequenz* jedenfalls nicht auf unsrer, sondern auf bürgerlicher Seite wäre. Die Dinge haben eben ihre eigene, objektive Logik. Und die Losung des europäischen Zusammenschlusses kann *objektiv* innerhalb der kapitalistischen Gesellschaft nur wirtschaftlich einen Zollkrieg mit Amerika und politisch einen kolonialpatriotischen Rassenkampf bedeuten. Der Chinafeldzug der vereinigten europäischen Regimenter mit dem Weltfeldmarschall Waldersee[32] an der Spitze und dem Hunnenevangelium[33] als Panier[34] – das ist der wirkliche und phantastische, der einzig mögliche Ausdruck der »europäischen Staatenföderation« in der heutigen Gesellschaft.

Aber sind wir überhaupt noch mit den »Vereinigten Staaten Europas« in der kapitalistischen Welt?

Das ist das Schwierige an der Sache. Einerseits handelt es sich um eine Staatenföderation »mit gemeinsamer Handelspolitik, einem Bundesparlament, einer Bundesregierung und einem Bundesheer«, also wohl um eine bürgerliche Schöpfung. Und Genosse Ledebour verlangt auch ausdrücklich von den Staatsmännern der heutigen Periode, dass sie im wohlverstandenen Interesse des Kapitalismus selbst diesen Zusammenschluss Europas vorbereiten. Anderseits aber, wenn wir nach den Verwirklichungsmöglichkeiten dieses Projekts fragen, sagt uns Genosse Kautsky, der einzige Weg dazu wäre – eine europäische *Revolution*. Nun ist, wie allgemein bekannt, heutzutage das Proletariat unter der Führung der Sozialdemokratie die einzige Klasse, die eine Revolution machen könnte. Die Verwirklichung der »Vereinigten Staaten Europas«, die als ein praktischer Weg zur Einschränkung des heutigen Militarismus vorgeschlagen werden, soll also einzig und allein durch den Sieg des revolutionären Proletariats, also nach der sozialen Revolution erst ermöglicht werden! Man weiß nicht, was an dieser Vorstellung mehr zu bewundern ist: die Herrschaft des sozialistischen Proletariats mit einer Bundesregierung und einem »Bundesheer« oder die Aufforderung an die Staatsmänner der heutigen Periode, sie sollen »im wohlverstandenen Interesse des Kapitalismus selbst« – die soziale Revolution vorbereiten.

Verrät somit die Idee des europäischen Staatenbundes selbst ihre utopische Natur durch dieses unsichere Schwanken zwischen der kapitalistischen und der sozialistischen Welt, so ist sie anderseits auch ganz unbrauchbar als Agitationslosung, zur konkreteren Vorstellung über die Grundlagen der proletarischen Politik. Die Idee der europäischen Kulturgemeinschaft ist der Gedankenwelt des klassenbewussten Proletariats völlig fremd. Nicht die europäische Solidarität, sondern die *internationale* Solidarität, die sämtliche Weltteile, Rassen und Völker umfasst, ist der Grundpfeiler des Sozialismus im Marx'schen Sinne. Jede Teilsolidarität aber ist nicht eine Stufe zur Verwirklichung der echten Internationalität, sondern ihr Gegensatz, ihr Feind, eine Zweideutigkeit, unter der der Pferdefuß des nationalen Antagonismus[35] hervorguckt. Ebenso wie wir stets den Pangermanismus, den Panslawismus, den Panamerikanismus als reaktionäre Ideen bekämpfen, ebenso haben wir mit der Idee des Paneuropäertums nicht das geringste zu schaffen.

Unsre Agitatoren werden also wohl tun, bei der bevorstehenden Wahlkampagne von der so unverhofft und plötzlich hineingeworfenen Losung der »Vereinigten Staaten Europas« keinen weiteren Gebrauch zu machen. Sie ist nur geeignet, die klaren Richtlinien unsrer internationalen Politik und unsrer revolutionären Friedenspropaganda zu trüben und zu verwässern. Wir brauchen aber auch wahrhaftig solche neuen Einfälle nicht. Unsre bisherige Auffassung hat uns bis jetzt gute Dienste geleistet, sie hat uns das Ansehen bei den Gegnern und das Vertrauen von Millionen erworben. Wir haben keinen Grund, sie durch gewagte neue »Erläuterungen« zu vernichten.

»Das Wort sie sollen lassen stahn.«[36]

Frauenwahlrecht und Klassenkampf [1912]

»Warum gibt es in Deutschland keine Arbeiterinnen-Vereine? Warum hört man so wenig von der Arbeiterinnenbewegung?« Mit diesen Worten leitete eine der Gründerinnen der proletarischen Frauenbewegung in Deutschland, Emma Ihrer[1], im Jahre 1898 ihre Schrift ein: »Die Arbeiterinnen im Klassenkampf«. Kaum vierzehn Jahre sind seitdem verflossen, und heute ist die proletarische Frauenbewegung in Deutschland mächtig entfaltet. Mehr als hundertfünfzigtausend gewerkschaftlich organisierte Arbeiterinnen bilden mit die Kerntruppen des wirtschaftlich kämpfenden Proletariats. Viele Zehntausende politisch organisierter Frauen sind um das Banner der Sozialdemokratie geschart; das sozialdemokratische Frauenorgan zählt über hunderttausend Abonnenten; die Forderung des Frauenwahlrechts steht auf der Tagesordnung des politischen Lebens der Sozialdemokratie.

Manch einer könnte gerade aus diesen Tatsachen heraus die Bedeutung des Kampfes um das Frauenwahlrecht unterschätzen. Er könnte denken: Auch ohne die politische Gleichberechtigung des weiblichen Geschlechts haben wir glänzende Fortschritte in der Aufklärung und Organisierung der Frauen erzielt, das Frauenwahlrecht ist wohl auch weiterhin keine dringende Notwendigkeit. Doch wer so denkt, unterliegt einer Täuschung. Die großartige politische und gewerkschaftliche Aufrüttelung der Massen des weiblichen Proletariats in den letzten anderthalb Jahrzehnten ist nur deshalb möglich geworden, weil die Frauen des arbeitenden Volkes trotz ihrer Entrechtung am politischen Leben und an den parlamentarischen Kämpfen ihrer Klasse den regsten Anteil nehmen. Die Proletarierinnen zehren bis jetzt vom Wahlrecht der Männer, an dem sie tatsächlich teilnehmen, wenn auch nur indirekt. Der Wahlkampf ist jetzt schon für große Massen der Frauen wie der

Männer der Arbeiterklasse ein gemeinsamer. In allen sozialdemokratischen Wählerversammlungen bilden die Frauen ein zahlreiches, manchmal das überwiegende, stets ein regsames und leidenschaftlich beteiligtes Publikum. In allen Wahlkreisen, wo eine gefestigte sozialdemokratische Organisation besteht, verrichten die Frauen mit die Wahlarbeit. Sie sind es auch, denen ein großes Verdienst an der Verbreitung von Flugblättern, an dem Werben von Abonnenten für die sozialdemokratische Presse zufällt, diese wichtigste Waffe des Wahlkampfes.

Der kapitalistische Staat hat den Frauen des Volkes nicht verwehren können, dass sie alle diese Mühen und Pflichten im politischen Leben auf sich nahmen. Er selbst hat ihnen die Möglichkeit dazu Schritt für Schritt durch die Gewährung des Vereins- und Versammlungsrechts erleichtern und sichern müssen. Nur das letzte politische Recht, das Recht, den Wahlzettel abzugeben, unmittelbar über die Volksvertretung in den gesetzgebenden und verwaltenden Körpern zu entscheiden und diesen Körperschaften als Erwählte anzugehören, nur dieses Recht will der Staat den Frauen nicht zugestehen. Allein hier wie auf allen anderen Gebieten des gesellschaftlichen Lebens heißt es: »Wehre den Anfängen!« Der heutige Staat ist vor den proletarischen Frauen schon zurückgewichen, als er sie in öffentlichen Versammlungen, in politische Vereine zuließ. Allerdings hat er das nicht aus freiem Willen getan, sondern der bitteren Not gehorchend, unter dem unwiderstehlichen Druck der aufstrebenden Arbeiterklasse. Nicht zuletzt war es das stürmische Vorwärtsdrängen der Proletarierinnen selbst, das den preußisch-deutschen Polizeistaat gezwungen hat, das famose »Frauensegment« in den politischen Vereinsversammlungen preiszugeben und den Frauen die Tore der politischen Organisationen sperrangelweit zu öffnen. Damit ist der Stein noch schneller ins Rollen gekommen. Der unaufhaltsame Fortschritt des proletarischen Klassenkampfes hat die arbeitenden Frauen mitten in den Strudel des politischen Lebens gerissen. Dank der Ausnützung des Vereins- und Versammlungsrechts haben sich die Proletarierinnen den regsten Anteil an dem parlamentarischen Leben, an den Wahlkämpfen errungen. Und nun ist es nur eine unabweisbare Folge, nur das logische Ergebnis der Bewegung, dass heute Millionen proletarischer Frauen selbstbewusst und trotzig rufen: *Her mit dem Frauenwahlrecht!*

Ehemals, in den schönen Zeiten des vormärzlichen Absolutismus, hieß es gewöhnlich von dem ganzen arbeitenden Volke, es sei »noch nicht reif« zur Ausübung politischer Rechte. Heute kann das nicht von den proletarischen Frauen gesagt werden, denn sie haben ihre Reife für die Ausübung politischer Rechte erwiesen. Weiß doch jeder, dass ohne sie, ohne die begeisterte Mithilfe der Proletarierinnen, die deutsche Sozialdemokratie am 12. Januar nimmermehr den glänzenden Sieg[2] errungen, die 4 1/4 Millionen Stimmen erhalten hätte. Aber gleichwohl, das arbeitende Volk hat jedes Mal seine Reife zur politischen Freiheit durch eine siegreiche revolutionäre Massenbewegung erweisen müssen. Erst wenn das Gottesgnadentum auf dem Thron und die Edelsten und Besten der Nation die schwielige Faust des Proletariats fest auf dem Auge und sein Knie auf ihrer Brust fühlten, erst dann kam ihnen auch blitzartig der Glaube an die politische »Reife« des Volkes. Heute sind die Frauen des Proletariats an der Reihe, ihre Reife dem kapitalistischen Staate zum Bewusstsein zu bringen. Das geschieht durch eine andauernde, machtvolle Massenbewegung, in der alle Mittel des proletarischen Kampfes und Druckes in Anwendung gebracht werden müssen.

Um das Frauenwahlrecht handelt es sich als Ziel, aber die Massenbewegung dafür ist nicht Frauensache allein, sondern gemeinsame Klassenangelegenheit der Frauen und Männer des

Proletariats. Denn die Rechtlosigkeit der Frau ist heute in Deutschland nur ein Glied in der Kette der Reaktion, die das Leben des Volkes fesselt, und sie steht im engsten Zusammenhang mit der anderen Säule dieser Reaktion: mit der Monarchie. In dem heutigen großkapitalistischen, hochindustriellen Deutschland des zwanzigsten Jahrhunderts, im Zeitalter der Elektrizität und der Luftschifffahrt, ist die politische Rechtlosigkeit der Frau genau ein so reaktionäres Überbleibsel alter, abgelebter Zustände wie die Herrschaft des Gottesgnadentums auf dem Throne. Beide Erscheinungen: das Instrument des Himmels[3] als tonangebende Macht des politischen Lebens und die Frau, die züchtig am häuslichen Herde saß, unbekümmert um die Stürme des öffentlichen Lebens, um Politik und Klassenkampf, sie beide wurzeln in den vermorschten Verhältnissen der Vergangenheit, in den Zeiten der Leibeigenschaft auf dem Lande und der Zünfte in der Stadt. In diesen Zeiten waren sie begreiflich und notwendig. Beide, Monarchie wie Rechtlosigkeit der Frau, sind heute durch die moderne kapitalistische Entwicklung entwurzelt, zur lächerlichen Karikatur auf die Menschheit geworden. Sie bestehen jedoch in der heutigen modernen Gesellschaft weiter, nicht etwa deshalb, weil man vergessen hätte, sie wegzuräumen, nicht aus bloßer Beharrlichkeit und Trägheit der Zustände. Nein, sie sind noch da, weil beide – Monarchie wie Rechtlosigkeit der Frau – zu mächtigen Werkzeugen volksfeindlicher Interessen geworden sind. Hinter dem Thron und Altar wie hinter der politischen Versklavung des weiblichen Geschlechts verschanzen sich heute die schlimmsten und brutalsten Vertreter der Ausbeutung und der Knechtschaft des Proletariats. Monarchie und Rechtlosigkeit der Frau sind zu den wichtigsten Werkzeugen der kapitalistischen Klassenherrschaft geworden.

Für den heutigen Staat handelt es sich in Wirklichkeit darum, den arbeitenden Frauen und ihnen allein das Wahlrecht vorzuenthalten. Von ihnen befürchtet er mit Recht die Gefährdung aller althergebrachten Einrichtungen der Klassenherrschaft, so des Militarismus, dessen Todfeindin jede denkende Proletarierin sein muss; der Monarchie; des Raubsystems der Zölle und Steuern auf Lebensmittel usw. Das Frauenwahlrecht ist für den heutigen kapitalistischen Staat ein Gräuel und Schrecken, weil hinter ihm die Millionen Frauen stehen, die den inneren Feind, die revolutionäre Sozialdemokratie, stärken würden. Käme es auf die Damen der Bourgeoisie an, so hätte der kapitalistische Staat von ihnen nur eine wirksame Unterstützung der Reaktion zu erwarten. Die meisten bürgerlichen Frauen, die sich im Kampfe gegen »die Vorrechte der Männer« wie Löwinnen gebärden, würden im Besitz des Wahlrechts wie fromme Lämmlein mit dem Tross[4] der konservativen und klerikalen Reaktion gehen. Ja, sie wären sicher noch um ein Beträchtliches reaktionärer als der männliche Teil ihrer Klasse. Von der kleinen Zahl Berufstätiger unter ihnen abgesehen, nehmen die Frauen der Bourgeoisie an der gesellschaftlichen Produktion keinen Anteil, sie sind bloße Mitverzehrerinnen des Mehrwerts, den ihre Männer aus dem Proletariat herauspressen, sie sind Parasiten der Parasiten am Volkskörper. Und Mitverzehrer sind gewöhnlich noch rabiater und grausamer in der Verteidigung ihres »Rechts« auf Parasitendasein als die unmittelbaren Träger der Klassenherrschaft und der Ausbeutung. Die Geschichte aller großen Revolutionskämpfe hat dies grauenvoll bestätigt. Als nach dem Fall der Jakobinerherrschaft in der Großen Französischen Revolution der gefesselte Robespierre[5] auf dem Wagen zum Richtplatz gefahren wurde, da führten die nackten Lustweiber der siegestrunkenen Bourgeoisie auf den Straßen einen schamlosen Freudentanz um den gefallenen Revolutionshelden auf. Und als im Jahre 1871 in Paris die heldenmütige Arbeiterkommune[6] mit Mitrailleusen[7] besiegt wurde, da übertrafen die rasenden Weiber der Bourgeoisie in ihrer blutigen Rache an dem niedergeworfenen Proletariat noch ihre bestialischen Männer. Die Frauen der besitzenden Klassen werden stets fanatische Verteidigerinnen der Ausbeutung und Knechtung des arbeitenden Volkes bleiben, von der sie aus zweiter Hand die Mittel für ihr gesellschaftlich unnützes Dasein empfangen.

Wirtschaftlich und sozial stellen die Frauen der ausbeutenden Klassen keine selbständige Schicht der Bevölkerung dar. Sie üben bloß die soziale Funktion als Werkzeuge der natürlichen Fortpflanzung für die herrschenden Klassen aus. Hingegen sind die Frauen des Proletariats wirtschaftlich selbständig, sie sind für die Gesellschaft *produktiv* tätig so gut wie die Männer. Nicht in dem Sinne, dass sie dem Manne durch häusliche Arbeit helfen, mit dem kargen Lohn das tägliche Dasein der Familie zu fristen und Kinder zu erziehen. Diese Arbeit ist nicht produktiv im Sinne der heutigen kapitalistischen Wirtschaftsordnung, und mag sie in tausendfältigen kleinen Mühen eine Riesenleistung an Selbstaufopferung und Kraftaufwand ergeben. Sie ist nur eine private Angelegenheit des Proletariers, sein Glück und Segen, und gerade deshalb bloße Luft für die heutige Gesellschaft. Als produktiv gilt – solange Kapitalsherrschaft und Lohnsystem dauern werden – nur diejenige Arbeit, die Mehrwert schafft, die kapitalistischen Profit erzeugt. Von diesem Standpunkt ist die Tänzerin im Tingeltangel, die ihrem Unternehmer mit ihren Beinen Profit in die Tasche fegt, eine produktive Arbeiterin, während die ganze Mühsal der Frauen und Mütter des Proletariats in den vier Wänden ihres Heimes als unproduktive Tätigkeit betrachtet wird. Das klingt roh und wahnwitzig, entspricht aber genau der Rohheit und dem Wahnwitz der heutigen kapitalistischen Wirtschaftsordnung, und diese rohe Wirklichkeit klar und scharf zu erfassen, ist die erste Notwendigkeit für die proletarischen Frauen.

Denn gerade von diesem Standpunkte aus ist jetzt der Anspruch der Proletarierinnen auf politische Gleichberechtigung in fester wirtschaftlicher Grundlage verankert. Millionen von proletarischen Frauen schaffen heute kapitalistischen Profit gleich Männern – in Fabriken, Werkstätten, in der Landwirtschaft, in der Hausindustrie, in Büros, in Läden. Sie *sind* also produktiv im strengsten wissenschaftlichen Sinne der heutigen Gesellschaft. Jeder Tag vergrößert die Scharen der kapitalistisch ausgebeuteten Frauen, jeder neue Fortschritt in der Industrie, in der Technik schafft neuen Platz für Frauen im Getriebe der kapitalistischen Profitmacherei. Und damit fügt jeder Tag und jeder industrielle Fortschritt einen neuen Stein zur festen Grundlage der politischen Gleichberechtigung der Frauen. Für den wirtschaftlichen Mechanismus selbst ist jetzt Schulbildung und geistige Intelligenz der Frauen notwendig geworden. Die beschränkte, weltfremde Frau des altväterischen »häuslichen Herdes« taugt heute so wenig für die Ansprüche der Großindustrie und des Handels wie für die Anforderungen des politischen Lebens. Freilich, auch in dieser Beziehung hat der kapitalistische Staat seine Pflichten vernachlässigt. Bis jetzt haben die gewerkschaftlichen und sozialdemokratischen Organisationen das Meiste und Beste für die geistige und moralische Erweckung und Schulung der Frauen getan. Wie schon vor Jahrzehnten in Deutschland die Sozialdemokraten als die tüchtigsten, intelligentesten Arbeiter bekannt waren, so sind heute die Frauen des Proletariats durch Sozialdemokratie und Gewerkschaften aus der Stickluft ihres engen Daseins, aus der kümmerlichen Geistlosigkeit und Kleinlichkeit des häuslichen Waltens[8] emporgehoben worden. Der proletarische Klassenkampf hat ihren Gesichtskreis erweitert, ihren Geist elastisch gemacht, ihr Denkvermögen entwickelt, hat ihrem Streben große Ziele gewiesen. Der Sozialismus hat die geistige Wiedergeburt der Masse der proletarischen Frauen bewirkt und sie dadurch zweifellos auch zu tüchtigen produktiven Arbeiterinnen für das Kapital gemacht.

Nach alledem ist die politische Rechtlosigkeit der proletarischen Frauen eine umso niederträchtigere Ungerechtigkeit, als sie bereits eine halbe Lüge geworden ist. Beteiligen sich doch die Frauen in Massen und aktiv am politischen Leben. Jedennoch die Sozialdemokratie kämpft nicht mit dem Argument der »Ungerechtigkeit«. Der grundlegende Unterschied zwischen uns und dem früheren sentimentalen utopischen Sozialismus beruht gerade darauf, dass wir nicht auf die Gerechtigkeit der herrschenden Klassen, sondern einzig und allein auf die revolutionäre Macht der Arbeitermassen bauen und auf den Gang der gesellschaftlichen Entwicklung, der jener Macht den Boden schafft. So ist die Ungerechtigkeit an sich gewiss kein Argument, um reaktionäre Einrichtungen zu stürzen. Wenn sich jedoch das Empfinden der Ungerechtigkeit weiter Kreise der Gesellschaft bemächtigt – sagt Friedrich Engels[9], der Mitschöpfer des wissenschaftlichen Sozialismus –, so ist das immer ein sicheres Zeichen, dass in den wirtschaftlichen Grundlagen der Gesellschaft weitgehende Verschiebungen Platz gegriffen haben, dass bestehende Zustände bereits mit dem Fortschritt der Entwicklung in Widerspruch geraten sind. Die jetzige kraftvolle Bewegung der Millionen proletarischer Frauen, die ihre politische Rechtlosigkeit als ein schreiendes Unrecht empfinden, ist ein solches untrügliches Zeichen, dass die gesellschaftlichen Grundlagen der bestehenden Staatsordnung bereits morsch und ihre Tage gezählt sind.

Einer der ersten großen Verkünder der sozialistischen Ideale, der Franzose Charles Fourier[10], hat vor hundert Jahren die denkwürdigen Worte[11] geschrieben: In jeder Gesellschaft ist der Grad der weiblichen Emanzipation (Freiheit) das natürliche Maß der allgemeinen Emanzipation. Das stimmt vollkommen für die heutige Gesellschaft. Der jetzige Massenkampf um die politische Gleichberechtigung der Frau ist nur eine Äußerung und ein Teil des allgemeinen Befreiungskampfes des Proletariats, und darin liegt gerade seine Kraft und seine Zukunft. Das allgemeine, gleiche, direkte Wahlrecht der Frauen würde – dank dem weiblichen Proletariat – den proletarischen Klassenkampf ungeheuer vorwärtstreiben und verschärfen. Deshalb verabscheut und fürchtet die bürgerliche Gesellschaft das Frauenwahlrecht, und deshalb wollen und werden wir es erringen. Auch durch den Kampf um das Frauenwahlrecht wollen wir die Stunde beschleunigen, wo die heutige Gesellschaft unter den Hammerschlägen des revolutionären Proletariats in Trümmer stürzt.

Verteidigungsrede vor der Frankfurter Strafkammer

Nach einem Zeitungsbericht
(20. Februar 1914)

Meine Verteidiger haben die Tatbestandsmerkmale der Anklage auf ihre Nichtigkeit hin juristisch hinreichend beleuchtet. Ich möchte deshalb die Anklage von einer anderen Seite beleuchten. Sowohl in der heutigen mündlichen Ausführung des Herrn Staatsanwalts wie in seiner schriftlichen Anklage spielt nicht bloß der Wortlaut der inkriminierten[1] Äußerungen meinerseits eine große Rolle, sondern noch mehr die Auslegung und die Tendenz, die diesen Worten innegewohnt haben soll. Wiederholt und mit dem größten Nachdruck betonte der Herr Staatsanwalt das, was ich nach seiner Auffassung wusste und wollte, während ich meine Äußerungen in jenen Versammlungen machte. Nun, über dieses innere psychologische Moment meiner Rede, über mein Bewusstsein ist wohl niemand kompetenter als ich in der Lage, vollen und gründlichen Aufschluss zu geben.

Und ich will im Voraus bemerken: Ich bin sehr gern bereit, dem Herrn Staatsanwalt und Ihnen, meine Herren Richter, vollen Aufschluss zu geben. Um die Hauptsache vorwegzunehmen, möchte ich erklären, dass das, was der Herr Staatsanwalt hier, gestützt auf die Aussagen seiner Kronzeugen[2], als meine Gedankengänge, als meine Absichten und meine Gefühle geschildert hat, nichts als ein plattes, geistloses Zerrbild sowohl meiner Reden wie der sozialdemokratischen Agitationsweise im Allgemeinen war. Als ich diesen Ausführungen des Staatsanwalts lauschte, da musste ich innerlich lachen und denken: Hier haben wir wieder ein klassisches Beispiel dafür, wie wenig formale Bildung ausreicht, um die sozialdemokratischen Gedankengänge, um unsere Ideenwelt in ihrer ganzen Kompliziertheit, wissenschaftlichen Feinheit und historischen Tiefe zu begreifen, wenn die soziale Klassenzugehörigkeit diesen Umständen hindernd im Wege steht. Hätten Sie, meine Herren Richter, den einfachsten, ungebildetsten Arbeiter aus jenen Tausenden gefragt, die meinen Versammlungen beiwohnten, er hätte Ihnen ein ganz anderes Bild, einen ganz anderen Eindruck von meinen Ausführungen gegeben. Ja, die schlichten Männer und Frauen des arbeitenden Volkes sind wohl imstande, unsere Gedankenwelt in sich aufzunehmen, die sich im Hirn eines preußischen Staatsanwalts wie in einem schiefen Spiegel als ein Zerrbild reflektiert. Ich will dies jetzt eingehender an einigen Punkten nachweisen.

Der Herr Staatsanwalt hat mehrmals wiederholt, dass ich die Tausende meiner Zuhörer, schon bevor jene inkriminierte Äußerung gefallen ist, die den Höhepunkt meiner Rede gebildet haben soll, »maßlos aufgehetzt« hätte. Darauf erkläre ich: Herr Staatsanwalt, wir Sozialdemokraten hetzen überhaupt nicht auf! Denn was heißt »hetzen«? Habe ich etwa den Versammelten einzuschärfen versucht: Wenn ihr im Kriege als Deutsche in Feindesland, zum Beispiel nach China, kommt, dann haust so, dass kein Chinese nach hundert Jahren wagt, einen Deutschen mit scheelen Blicken anzusehen?[3] Hätte ich so gesprochen, dann wäre das allerdings eine Aufhetzung. Oder habe ich vielleicht in den versammelten Massen den nationalen Dünkel, den Chauvinismus, die Verachtung und den Hass für andere Rassen und Völker aufzustacheln gesucht? Das wäre allerdings eine Aufhetzung gewesen.

Aber so sprach ich nicht, und so spricht nie ein geschulter Sozialdemokrat. Was ich in jenen Frankfurter Versammlungen tat, und was wir Sozialdemokraten stets in Wort und Schrift tun, das ist: Aufklärung verbreiten, den arbeitenden Massen ihre Klasseninteressen und ihre geschichtlichen Aufgaben zum Bewusstsein bringen, sie auf die großen Linien der historischen Entwicklung, auf die Tendenzen der ökonomischen, politischen und sozialen Umwälzungen hinweisen, die sich im Schoße unserer heutigen Gesellschaft vollziehen, die mit eherner[4] Notwendigkeit dazu führen, dass auf einer gewissen Höhe der Entwicklung die bestehende Gesellschaftsordnung beseitigt und an ihre Stelle die höhere, sozialistische Gesellschaftsordnung gesetzt werden muss. So agitieren wir, so heben wir durch die adelnde Wirkung der geschichtlichen Perspektiven, auf deren Boden wir uns stellen, auch das sittliche Leben der Massen. Von denselben großen Gesichtspunkten aus führen wir – weil sich bei uns Sozialdemokraten alles zu einer harmonischen, geschlossenen, wissenschaftlich fundierten Weltanschauung fügt – auch unsere Agitation gegen den Krieg und den Militarismus. Und wenn der Herr Staatsanwalt mit seinem armseligen Kronzeugen das alles als eine simple Hetzarbeit auffasst, so liegt das Rohe und Simplistische[5] dieser Auffassung einzig und allein an der Unfähigkeit des Staatsanwalts, in sozialdemokratischen Bahnen zu denken.

Ferner hat der Herr Staatsanwalt mehrfach meine angeblichen Hinweise auf den »Vorgesetztenmord« herangezogen. Diese versteckten, aber jedermann verständlichen Hinweise auf den Offiziersmord sollen ganz besonders meine schwarze Seele und die hohe Gefährlichkeit meiner Absichten enthüllen. Nun, ich bitte Sie, für einen Augenblick sogar die Richtigkeit der mir in den Mund gelegten Äußerung anzunehmen, dann müssen Sie sich bei näherer Überlegung sagen, dass der Staatsanwalt hier eigentlich – im löblichen Bestreben, mich möglichst schwarz zu malen – völlig aus der Rolle gefallen ist. Denn wann und gegen welche »Vorgesetzten« soll ich zum Mord aufgefordert haben? Die Anklage selbst behauptet, ich hätte die Einführung des Milizsystems[6] in Deutschland befürwortet, hätte in diesem System als das Wesentliche die Pflicht bezeichnet, den Mannschaften die Handwaffe – wie dies in der Schweiz[7] geschieht – mit nach Hause zu geben. Und daran – wohlgemerkt: daran – soll ich den Hinweis geknüpft haben, dass die Waffen auch einmal nach einer anderen Richtung losgehen könnten, als den Herrschenden lieb ist. Es ist also klar: Der Herr Staatsanwalt beschuldigt mich, zum Morden nicht gegen die Vorgesetzten des heutigen deutschen Heeressystems, sondern – gegen die Vorgesetzten der künftigen deutschen Milizheere aufgestachelt zu haben! Unsere Propaganda des Milizsystems wird aufs schärfste bekämpft und wird mir gerade in der Anklage als Verbrechen angerechnet. Und gleichzeitig fühlt sich der Staatsanwalt veranlasst, sich des durch mich bedrohten Lebens der Offiziere dieses verpönten Milizsystems anzunehmen. Noch ein Schritt und der Herr Staatsanwalt wird im Eifer des Gefechts gegen mich die Anklage erheben, dass ich zu Attentaten auf den Präsidenten der künftigen deutschen Republik aufgestachelt habe!

Was habe ich aber in Wirklichkeit von dem sogenannten Vorgesetztenmord ausgeführt? Etwas total anderes! Ich hatte in meiner Rede darauf hingewiesen, dass der heutige Militarismus von seinen offiziellen Verfechtern gewöhnlich mit der Phrase von der notwendigen Vaterlandsverteidigung begründet wird. Wäre dieses Vaterlandsinteresse ehrlich und aufrichtig gemeint, dann – so führte ich aus – brauchten die herrschenden Klassen ja nichts anderes zu tun, als die alte Programmforderung der Sozialdemokratie, das Milizsystem, in die Tat umzusetzen. Denn nur dieses sei die einzig sichere Gewähr für die Verteidigung des Vaterlandes, da nur das freie Volk, das aus eigenem Entschlusse gegen den Feind ins Feld rückt, ein ausreichendes und zuverlässiges Bollwerk ist für die Freiheit und Unabhängigkeit des Vaterlandes. Nur dann könne es heißen: Lieb Vaterland, magst ruhig sein![8] Weshalb also, so fragte ich, wollen die offiziellen Vaterlandsverteidiger von diesem einzig wirksamen System der Verteidigung nichts hören? Nur deshalb, weil es ihnen eben nicht in erster und nicht in zweiter Linie auf die Vaterlandsverteidigung ankommt, sondern auf imperialistische Eroberungskriege, zu denen die Miliz allerdings nichts taugt. Und ferner scheuen sich wohl deshalb die herrschenden Klassen, dem arbeitenden Volke die Waffen in die Hand zu drücken, weil das böse soziale Gewissen der Ausbeuter sie befürchten lässt, die Waffe könnte auch einmal nach einer Richtung hin losgehen, die den Herrschenden nicht lieb ist.

Also das, was ich als die Befürchtung der herrschenden Klassen formuliert hatte, wird mir jetzt vom Staatsanwalt auf das Wort seiner unbeholfenen Kronzeugen hin als meine eigene Aufforderung imputiert[9]! Hier haben Sie wieder einen Beweis dafür, welchen Wirrwarr in seinem Hirn die absolute Unfähigkeit angerichtet hat, der Gedankenbahn der Sozialdemokratie zu folgen.

Ebenso grundfalsch ist die Behauptung der Anklage, ich hätte das holländische Beispiel empfohlen, wonach es in der Kolonialarmee dem Soldaten freisteht, einen ihn misshandelnden Vorgesetzten niederzumachen. In Wirklichkeit sprach ich damals im Zusammenhang mit dem Militarismus und den Soldatenmisshandlungen von unserem unvergesslichen Führer Bebel[10] und wies darauf hin, dass eines der wichtigsten Kapitel seines Lebenswerkes der Kampf im Reichstag gegen Soldatenschinder war, wobei ich zur Illustration aus dem stenographischen Bericht über die Reichstagsverhandlungen – und diese sind, soviel ich weiß, gesetzlich erlaubt – mehrere Reden Bebels zitierte, unter anderem auch jene Ausführungen aus dem Jahre 1893 über den Brauch in der holländischen Kolonialarmee. Sie sehen, meine Herren, auch hier hat sich der Herr Staatsanwalt in seinem Eifer vergriffen: Er hätte jedenfalls seine Anklage nicht gegen mich, sondern gegen einen anderen erheben sollen.

Doch ich komme zum springenden Punkt der Anklage. Der Herr Staatsanwalt leitet seinen Hauptangriff, die Behauptung, als hätte ich in der inkriminierten Äußerung die Soldaten aufgefordert, im Kriegsfalle, entgegen dem Befehl, nicht auf den Feind zu schießen, von einer Deduktion ab, die ihm offenbar von unwiderleglicher Beweiskraft und von zwingender Logik zu sein scheint. Er deduziert folgendermaßen: Da ich gegen den Militarismus agitierte, da ich den Krieg verhindern wollte, so konnte ich offenbar keinen anderen Weg, kein anderes wirksames Mittel im Auge haben als die Aufforderung direkt an die Soldaten: Wenn euch befohlen wird zu schießen – schießt nicht! Nicht wahr, meine Herren Richter, welcher knappe, überzeugende Schluss, welche unwiderstehliche Logik! Und doch erlauben Sie mir, Ihnen zu erklären: Diese Logik und dieser Schluss ergeben sich aus der Auffassung des Herrn Staatsanwalts, nicht aus der meinen, nicht aus der der Sozialdemokratie. Hier bitte ich Sie um besondere Aufmerksamkeit. Ich sage: Der Schluss, dass das einzig wirksame Mittel, um Kriege zu verhindern, darin bestehe, sich direkt an die Soldaten zu wenden und sie aufzufordern, nicht zu schießen – dieser Schluss ist nur die andere Seite jener Auffassung, wonach, solange der Soldat den Befehlen seiner Vorgesetzten folgt, alles im Staate wohl bestellt sei, wonach – um es kurz zu sagen – das Fundament der Staatsmacht und des Militarismus der Kadavergehorsam[11] des Soldaten ist. Diese Auffassung des Herrn Staatsanwalts findet auch eine harmonische Ergänzung zum Beispiel in jener amtlich veröffentlichten Äußerung des obersten Kriegsherrn, wonach der Kaiser beim Empfang des Königs der Hellenen in Potsdam am 6. November vorigen Jahres[12] gesagt hat, der Erfolg der griechischen Heere beweise, »daß die von unserem Generalstab und unseren Truppen gepflegten Prinzipien bei richtiger Anwendung stets den Sieg verbürgen«. Der Generalstab mit seinen »Prinzipien« und der Soldat im Kadavergehorsam – das sind die Grundlagen der Kriegführung und die Bürgschaft der Siege. Nun, dieser Auffassung sind wir Sozialdemokraten eben nicht. Wir denken vielmehr, dass über das Zustandekommen und den Ausgang der Kriege nicht bloß die Armee, die »Befehle« von oben und der blinde »Gehorsam« von unten entscheiden, sondern dass darüber die große Masse des werktätigen Volkes entscheidet und zu entscheiden hat. Wir sind der Auffassung, dass Kriege nur dann und nur so lange geführt werden können, als die arbeitende Volksmasse sie entweder begeistert mitmacht, weil sie sie für eine gerechte und notwendige Sache hält, oder wenigstens duldend erträgt. Wenn hingegen die große Mehrheit des werktätigen Volkes zu der Überzeugung gelangt – und in ihr diese Überzeugung, dieses Bewusstsein zu wecken ist gerade die Aufgabe, die wir Sozialdemokraten uns stellen –, wenn, sage ich, die Mehrheit des Volkes zu der Überzeugung gelangt, dass Kriege eine barbarische, tief unsittliche, reaktionäre und volksfeindliche Erscheinung sind, dann sind die Kriege unmöglich geworden – und mag zunächst der Soldat noch den Befehlen der Obrigkeit Gehorsam leisten! Nach der Auffassung des Staatsanwalts ist die Armee die kriegführende Partei, nach unserer Auffassung ist es das gesamte Volk. Dieses hat zu entscheiden, ob Kriege zustande kommen oder nicht; bei der Masse der arbeitenden Männer und Frauen, alten und jungen, liegt die Entscheidung über das Sein oder Nichtsein des heutigen Militarismus – nicht bei dem kleinen Teilchen dieses Volkes, der im sogenannten Rock des Königs steckt.

Und wenn ich das ausgeführt habe, so habe ich zugleich ein klassisches Zeugnis in der Hand, dass es meine, unsere Auffassung in der Tat ist.

Durch einen Zufall bin ich in der Lage, auf die Frage des Frankfurter Staatsanwalts: wen ich damit gemeint hätte, als ich sagte,

»wir tun das nicht«, mit einer Frankfurter Rede von mir zu antworten. Am 17. April 1910 habe ich hier im Zirkus Schumann vor etwa 6 000 Personen[13] über den preußischen Wahlrechtskampf gesprochen – wie Sie wissen, schlugen damals gerade die Wellen unseres Kampfes hoch –, und ich finde im stenographischen Bericht jener Rede auf Seite 10 die folgende Wendung:

> »Werte Anwesende! Ich sage: Wir sind im gegenwärtigen Wahlrechtskampfe wie in allen wichtigen politischen Fragen des Fortschritts in Deutschland ganz allein auf uns gestellt. Aber wer sind ›wir‹? ›Wir‹ sind doch die Millionen Proletarier und Proletarierinnen Preußens und Deutschlands. Ja, wir sind mehr als eine Zahl. Wir sind die Millionen jener, von deren Hände Arbeit die Gesellschaft lebt. Und es genügt, dass diese einfache Tatsache so recht im Bewusstsein der breitesten Massen des Proletariats Deutschlands Wurzel schlägt, damit einmal der Moment kommt, wo in Preußen der herrschenden Reaktion gezeigt wird, dass die Welt wohl ohne die ostelbischen Junker und ohne Zentrumsgrafen[14], ohne Geheimräte und zur Not auch ohne Schutzleute auskommen kann, dass sie aber nicht vierundzwanzig Stunden zu existieren vermag, wenn die Arbeiter einmal die Arme kreuzen.«[15]

Sie sehen, hier spreche ich deutlich aus, wo wir den Schwerpunkt des politischen Lebens und der Geschicke des Staates erblicken: im Bewusstsein, im klar geformten Willen, in der Entschlossenheit der großen arbeitenden Masse. Und genauso fassen wir die Frage des Militarismus auf. Wenn die Arbeiterklasse zu der Erkenntnis und dem Entschluss kommt, die Kriege nicht zuzulassen, dann sind die Kriege unmöglich geworden.

Aber ich habe der Beweise noch mehr, dass wir so und nicht anders die antimilitaristische Agitation verstehen. Ich muss mich überhaupt wundern: Der Herr Staatsanwalt gibt sich die größte Mühe, durch Deutungen, Vermutungen, willkürliche Deduktionen aus meinen Worten herauszudestillieren, auf welche Art und Weise ich etwa beabsichtigt haben mochte, gegen den Krieg vorzugehen. Und dabei lag vor ihm das Beweismaterial in Hülle und Fülle. Wir betreiben unsere antimilitaristische Agitation nicht etwa im geheimen Dunkel, im Verborgenen, nein, im hellsten Licht der Öffentlichkeit. Seit Jahrzehnten bildet der Kampf gegen den Militarismus einen Hauptgegenstand unserer Agitation. Schon seit der alten Internationale[16] bildet er den Gegenstand von Erörterungen und Beschlüssen fast sämtlicher Kongresse sowie deutscher Parteitage. Hier brauchte der Herr Staatsanwalt nur ins volle Menschenleben hineinzugreifen, und wo er es gepackt hätte, da wäre es interessant. Das ganze betreffende umfangreiche Material kann ich leider nicht hier vor Ihnen ausbreiten. Aber das Wichtigste wenigstens gestatten Sie mir hier anzuführen.

Schon der Brüsseler Kongress der Internationale im Jahre 1868 weist auf praktische Maßnahmen zur Verhinderung des Krieges hin. Er sagt unter anderem in seiner Resolution:

> »daß die Völker schon jetzt die Zahl der Kriege vermindern können, indem sie sich jenen entgegenstellen, die die Kriege machen und erklären;
>
> daß dieses Recht vor allem den arbeitenden Klassen zusteht, die beinahe allein zum militärischen Dienst herangezogen werden und ihm daher allein eine Sanktion erteilen können;
>
> daß ihnen zu diesem Behufe[17] ein wirksames, gesetzliches und augenblicklich realisierbares Mittel zur Verfügung steht;
>
> daß die Gesellschaft in der Tat nicht leben könnte, wenn die Produktion eine Zeitlang aussetzt, die Produzenten da-

her mit der Arbeit nur einzuhalten brauchen, um den persönlich vorgehenden despotischen Regierungen ihr Unternehmen unmöglich zu machen;

erklärt der Kongress der internationalen Vereinigung der Arbeiter in Brüssel, vereinigt aufs energischste gegen den Krieg zu protestieren, und lädt alle Sektionen der Vereinigung in den verschiedenen Ländern sowie alle Arbeitervereine und Arbeiterorganisationen ohne Unterschied ein, mit dem größten Eifer dafür zu wirken, um einen Krieg von Volk zu Volk zu verhindern, der gleichzeitig, weil unter Produzenten, also Brüdern und Bürgern geführter Krieg, als ein Bürgerkrieg anzusehen wäre.

Der Kongress empfiehlt den Arbeitern insbesondere die Niederlegung der Arbeit für den Fall des Ausbruchs eines Krieges in ihrem Lande.«

Ich übergehe die anderen zahlreichen Resolutionen der alten Internationale und gehe zu den Kongressen der neuen Internationale über. Der Züricher Kongress 1893[18] erklärt:

»Die Stellung der Arbeiter zum Kriege ist durch den Beschluss des Brüsseler Kongresses über den Militarismus scharf bezeichnet. Die internationale revolutionäre Sozialdemokratie hat in allen Ländern mit Aufgebot aller Kräfte den chauvinistischen Gelüsten der herrschenden Klasse entgegenzutreten, das Band der Solidarität um die Arbeiter aller Länder immer fester zu schlingen und unablässig auf die Beseitigung des Kapitalismus hinzuwirken, der die Menschheit in zwei feindliche Heerlager geteilt und die Völker gegeneinander hetzt. Mit der Aufhebung der Klassenherrschaft verschwindet auch der Krieg. Der Sturz des Kapitalismus ist der Weltfriede.«

Der Londoner Kongress 1896 fordert:

> »Nur die Arbeiterklasse kann ernstlich den Willen haben und sich die Macht erringen, den Weltfrieden zu schaffen.
>
> Deshalb fordert sie:
>
> 1. Gleichzeitige Abschaffung der stehenden Heere in allen Staaten und Einführung der Volksbewaffnung.
>
> 2. Einrichtung eines internationalen Schiedsgerichtes, dessen Beschlüsse Gesetzeskraft haben.
>
> 3. Endgiltige Entscheidung über Krieg oder Frieden direkt durch das Volk für den Fall, daß die Regierungen nicht die Entscheidung des Schiedsgerichtes annehmen.«

Der Pariser Kongress 1900 empfiehlt besonders als praktisches Mittel des Kampfes gegen den Militarismus:

> »daß die sozialistischen Parteien überall die Erziehung und Organisierung der Jugend zum Zweck der Bekämpfung des Militarismus in Angriff zu nehmen und mit größtem Eifer zu betreiben haben«.

Gestatten Sie mir noch einen wichtigen Passus aus der Resolution des Stuttgarter Kongresses von 1907, wo schon eine ganze Reihe praktischer Handlungen der Sozialdemokratie im Kampfe gegen den Krieg sehr plastisch zusammengefasst ist. Hier heißt es:

> »Tatsächlich hat seit dem Internationalen Kongress in Brüssel das Proletariat in seinem unermüdlichen Kampfe gegen den Militarismus durch Verweigerung der Mittel für Rüstungen zu Lande und zu Wasser, durch die Bestrebungen, die militärische Organisation zu demokratisieren, mit steigendem Nachdruck und Erfolg zu den verschiedensten Ak-

tionsformen gegriffen, um den Ausbruch von Kriegen zu verhindern oder ihnen ein Ende zu machen sowie um die durch den Krieg herbeigeführte Aufrüttelung der Gesellschaft für die Befreiung der Arbeiterklasse auszunutzen: so namentlich die Verständigung der englischen und französischen Gewerkschaften nach dem Faschodafalle[19] zur Sicherung des Friedens und zur Wiederherstellung freundlicher Beziehungen zwischen England und Frankreich; das Vorgehen der sozialistischen Parteien im deutschen und im französischen Parlament während der Marokkokrise[20]; die Kundgebungen, die zum gleichen Zweck von den französischen und deutschen Sozialisten veranstaltet wurden; die gemeinsame Aktion der Sozialisten Österreichs und Italiens, die sich in Triest versammelten, um einem Konflikt der beiden Staaten vorzubeugen; weiter das nachdrückliche Eingreifen der sozialistischen Arbeiterschaft Schwedens zur Verhinderung eines Angriffs auf Norwegen; endlich die heldenhaften Opfer und Massenkämpfe der sozialistischen Arbeiter und Bauern Russlands und Polens, um sich dem vom Zarismus entfesselten Kriege zu widersetzen, ihm ein Ende zu machen und die Krise zur Befreiung des Landes und der arbeitenden Klassen auszunutzen.

Alle diese Bestrebungen legen Zeugnis ab von der wachsenden Macht des Proletariats und von seinem wachsenden Drange, die Aufrechterhaltung des Friedens durch entschlossenes Eingreifen zu sichern.«

Und nun frage ich: Finden Sie, meine Herren, in all diesen Resolutionen und Beschlüssen auch nur eine Aufforderung, die dahin geht, dass wir uns vor die Soldaten hinstellen und ihnen zurufen sollen: Schießt nicht! Und weshalb? Etwa deshalb, weil wir uns vor den Folgen einer solchen Agitation, vor Strafparagraphen fürchten? Ach, wir wären traurige Wichte, wenn wir aus Furcht vor den Folgen etwas unterließen, was wir als notwendig und heilsam erkannt haben. Nein, wir tun es nicht, weil wir uns sagen: Jene, die im sogenannten Rock des Königs stecken, sind doch nur ein Teil des werktätigen Volkes, und wenn dieses zu der nötigen Erkenntnis in Bezug auf das Verwerfliche und Volksfeindliche der Kriege gelangt, dann werden auch die Soldaten von selbst wissen, ohne unsere Aufforderung, was sie im gegebenen Falle zu tun haben.

Sie sehen, meine Herren, unsere Agitation gegen den Militarismus ist nicht so arm und so simplistisch, wie der Herr Staatsanwalt es sich vorstellt. Wir haben so viele und so mannigfache Mittel der Einwirkung: Jugenderziehung – und wir betreiben sie mit Eifer und nachhaltigem Erfolg, trotz aller Schwierigkeiten, die uns in den Weg gelegt werden –, Propaganda des Milizsystems, Massenversammlungen, Straßendemonstrationen … Schließlich, blicken Sie nach Italien! Wie haben die klassenbewussten Arbeiter dort das tripolitanische Kriegsabenteuer[21] beantwortet? Durch einen Demonstrationsmassenstreik[22], der aufs glänzendste durchgeführt wurde. Und wie reagierte darauf die deutsche Sozialdemokratie?

Am 12. November 1911 nahm die Berliner Arbeiterschaft in zwölf Versammlungen eine Resolution an, in der sie den italienischen Genossen für den Massenstreik dankte.

Ja, der Massenstreik! sagt der Staatsanwalt. Gerade hier glaubt er mich wieder bei meiner gefährlichsten, staatserschütternden Absicht gepackt zu haben. Der Staatsanwalt stützte heute seine Anklage ganz besonders durch die Hinweise auf meine Massenstreikagitation, an die er die schauerlichsten Perspektiven eines gewaltsamen Umsturzes knüpfte, wie sie eben nur in der Phantasie eines preußischen Staatsanwalts ihr Dasein führen. Herr Staatsanwalt, wenn ich bei Ihnen die geringste Fähigkeit voraussetzen könnte, auf die Gedankengänge der Sozialdemokratie, auf eine edlere historische Auffassung eingehen zu können, so würde ich Ihnen auseinandersetzen, was ich in jeder Volksversammlung mit Erfolg darlege, dass Massenstreiks als eine bestimmte Periode in der Entwicklung der heutigen Verhältnisse nicht »gemacht« werden, so wenig wie die Revolutionen »gemacht« werden. Die Massenstreiks sind eine Etappe des Klassenkampfes, zu der allerdings unsere heutige Entwicklung mit Naturnotwendigkeit führt. Unsere, der Sozialdemokratie, ganze Rolle ihnen gegenüber besteht darin, diese Tendenz der Entwicklung der Arbeiterklasse zum Bewusstsein zu bringen, damit die Arbeiter auf der Höhe ihrer Aufgaben sind als eine geschulte, disziplinierte, reife, entschlossene und tatkräftige Volksmasse.

Sie sehen, auch hier wieder will mich der Staatsanwalt, wenn er das Gespenst des Massenstreiks in der Anklage vorführt, wie er ihn versteht, eigentlich für seine Gedanken, nicht für die meinigen strafen.

Hier will ich schließen. Nur eines möchte ich noch bemerken.

Der Herr Staatsanwalt hat in seinen Ausführungen speziell meiner kleinen Person viel Aufmerksamkeit gewidmet. Er hat mich als die große Gefahr für die Sicherheit der Staatsordnung geschildert, er hat es sogar nicht verschmäht, sich auf das Kladderadatschniveau[23] herabzulassen, und mich als die »rote Rosa« gekennzeichnet. Ja, er hat es gewagt, meine persönliche Ehre zu verdächtigen, indem er den Fluchtverdacht gegen mich aussprach für den Fall, dass seinem Strafantrag stattgegeben werde.

Herr Staatsanwalt, ich verschmähe es für meine Person, auf alle Ihre Angriffe zu antworten. Aber eins will ich Ihnen sagen: Sie kennen die Sozialdemokratie nicht! Im Jahre 1913 allein haben viele Ihrer Kollegen im Schweiße ihres Angesichts dahin gearbeitet, dass über unsere Presse insgesamt die Strafe von 60 Monaten Gefängnis ausgeschüttet wurde.

Der Vorsitzende unterbricht: Wir haben keine Zeit, große politische Reden anzuhören. Wir erledigen den Fall juristisch, aber nicht politisch.

Haben Sie vielleicht gehört, dass auch nur einer von den Sündern aus Furcht vor der Strafe die Flucht ergriffen hat? Glauben Sie, dass diese Unmenge von Strafen auch nur einen Sozialdemokraten zum Wanken gebracht oder in seiner Pflichterfüllung erschüttert hat? Ach nein, unser Werk spottet aller Zwirnsfäden Ihrer Strafparagraphen, es wächst und gedeiht trotz aller Staatsanwälte!

Zum Schluss nur noch ein Wort zu dem unqualifizierten Angriff, der auf seinen Urheber zurückfällt.

Der Staatsanwalt hat wörtlich gesagt – ich habe es mir notiert: Er beantrage meine sofortige Verhaftung, denn »es wäre ja unbegreiflich, wenn die Angeklagte nicht die Flucht ergreifen würde«. Das heißt mit anderen Worten: Wenn ich, der Staatsanwalt, ein Jahr Gefängnis abzubüßen hätte, dann würde ich die Flucht ergreifen. Herr Staatsanwalt, ich glaube Ihnen, *Sie* würden fliehen. Ein Sozialdemokrat flieht nicht. Er steht zu seinen Taten und lacht Ihrer Strafen.

Und nun verurteilen Sie mich!

Hundepolitik [1916]

> 3. In der Internationale liegt der Schwerpunkt der Klassenorganisation des Proletariats […]
> 4. Die Pflicht zur Ausführung der Beschlüsse der Internationale geht allen anderen Organisationspflichten voran.
> (Leitsätze)[1]

Das Unmögliche ist Tat geworden: Der Reichstag, die bürgerlichen Parteien, die offizielle sozialdemokratische Fraktion haben sich noch mehr mit Schmach bedeckt, als das bis jetzt schon der Fall war. Es schien, dass dieses unauffindbare Parlament, dass diese edle Gesellschaft in politischer Selbsterniedrigung, im Preisgeben des elementarsten politischen Anstandes bereits das menschenmöglichste geleistet hatte, dass es in diesem Sumpfe einfach nicht tiefer gehe. Doch weit gefehlt: Bei der Behandlung des Falles Liebknecht[2] haben Reichstag, bürgerliche Mehrheit und sozialdemokratische Fraktionsmehrheit ihre eigene Infamie weit übertroffen.

Liebknecht ist bei der Erfüllung seiner Pflicht als internationaler Sozialist bei der Demonstration am 1. Mai von den Polizeischergen ergriffen und der Militärgerichtsbarkeit überantwortet worden. Liebknecht ist Reichstagsabgeordneter, ist zur Ausübung seines Mandats als Volksvertreter vom Militärdienst beurlaubt, ist also während der Reichstagssession kein Soldat, sondern Volksvertreter. Ihn vor den Krallen der Militärjustiz wie vor jeglicher politischer Verfolgung zu schützen war elementarste Pflicht des Reichstags. Jedes Parlament der Welt betrachtet es als ein Gebot der Selbstachtung, seine Mitglieder vor den Regierungsgewalten zu schützen. Hier geschah das Unerhörte, das Beispiellose in der Geschichte aller Parlamente: Der Reichstag lieferte selbst eines seiner Mitglieder der Militärjustiz aus![3]

Wenige Tage darauf folgte der zweite Akt der Farce: Derselbe Reichstag lehnte es ab, seine Mitglieder vor solchen Brutalitäten und Vergewaltigungen zu schützen, wie sie Liebknecht gegenüber verübt worden sind, als er am 8. April die Mache mit der letzten deutschen Kriegsanleihe[4] kritisch beleuchten wollte! Und die rabiatesten Schreier dieser parlamentarischen Selbstentleibung waren gerade die Freisinnigen. Der Geist Eugen Richters[5], des Stiefelputzers der Reaktion aus der Zeit des Hungerzolltarifs[6], lebt in seinen würdigen Nachfahren. Unter dem Schrei »Landesverrat!« stürzen sich die Hubrich[7] und Müller-Meiningen[8] mit Fäusten auf jeden, der die Reichstagstribüne besteigt, um Kritik an der Regierung zu üben. Mit dem Schrei »Landesverrat!« liefern die Payer[9] und Liesching[10] die Immunität der Volksvertretung dem Militärsäbel aus. Den Oertel[11] und Heydebrand[12] bleibt nach diesem liberalen Geheul nichts mehr zu sagen übrig. Und die sozialdemokratische Mehrheitsfraktion? Sie wies nicht mit einer Silbe dieses Gekrächz zurück. Die »Durchhaltepolitiker«, die Scheidemann[13] und Genossen, halten ja selbst jeden, der sozialdemokratische Grundsätze hochhält und den Völkermord bekämpft, für einen Landesverräter.

Landesverrat! Landesverrat!
Maifeier ist Landesverrat!
Kritik an der Kriegsanleihe – Landesverrat!
Internationale Solidarität – Landesverrat!
Klassenkampf – Landesverrat!
Budgetablehnung – Landesverrat!
Streiks zur Erhöhung der Hungerlöhne – Landesverrat!
Öffentliche Erörterung des Lebensmittelwuchers – Landesverrat!
Klageschrei der hungernden Frauen vor den Läden – Landesverrat!

Was tausendmal in sozialdemokratischen Zeitungen, in sozialdemokratischen Wählerversammlungen, in sozialdemokratischen Reichstagsreden gesagt worden, ist heute Landesverrat. Die gesamte 50-jährige Tätigkeit der Sozialdemokratie, die gegen Krieg, Militarismus, Klassenherrschaft, Klassensolidarität [mit der Bourgeoisie], nationale Einigkeit, vaterländische Phrase gerichtet war, ist Landesverrat!

Die Payer, Liesching, Hubrich, die David, Landsberg, Scheidemann haben alle Staatsanwälte übertroffen, alle Polizeipräsidenten beschämt, den seligen Tessendorf[14] nachträglich zum Waisenknaben gemacht. Wehe, wenn diese Kerls das Bismarck'sche Sozialistengesetz[15] zu handhaben gehabt hätten! Sie hätten sämtliche sozialdemokratischen Abgeordneten und Redakteure ins Zuchthaus gesteckt, sie hätten unseren August Bebel[16], unseren alten Liebknecht an den Galgen gebracht. Die Scheidemann-Leute[17] leisteten sich die Komödie, formell einen Antrag betr. die Immunität Liebknechts zu stellen, aber sie begründeten ihn damit, dass Liebknechts Kampf nicht gefährlich, dass das deutsche Volk in seinem Kadavergehorsam doch nicht zu erschüttern sei! Ja, in der Kommission des Reichstages sagte der »Sozialdemokrat« David[18] mit Bezug auf Karl Liebknecht: Ein Hund, der laut belle, beiße nicht!

Auf all diese Infamie im Reichstag die richtige Antwort zu geben, nicht advokatorisch, nicht formalistisch, sondern sozialistisch, nicht debattieren, nicht argumentieren, sondern die verächtliche Gesellschaft als eine Rotte von Volksverrätern zu brandmarken, dazu fehlte eben – Liebknecht!

Die Antwort soll ihnen aber von den Massen des Proletariats gegeben werden, von den Massen des hungernden, geknechteten, als Kanonenfutter missbrauchten Volkes. Und die »Hunde«-Worte des sozialdemokratischen Mehrheitsredners sollen dabei nicht vergessen werden.

Ein Hund ist, wer den Stiefel der Herrschenden leckt, der ihn jahrzehntelang mit Tritten bedachte.

Ein Hund ist, wer im Maulkorb des Belagerungszustandes fröhlich schweifwedelt und den Herren der Militärdiktatur, leise um Gnade winselnd, in die Augen blickt.

Ein Hund ist, wer einen Abwesenden, einen Gefesselten heiser anbellt und dabei den augenblicklichen Machthabern Apportdienste[19] leistet.

Ein Hund ist, wer die ganze Vergangenheit seiner Partei, wer alles, was ihr ein Menschenalter heilig war, auf Kommando der Regierung abschwört, begeifert, in den Kot tritt.

Hunde sind und bleiben demnach die David, Landsberg und Genossen. Und sie werden sicher von der deutschen Arbeiterschaft, wenn der Tag der Abrechnung kommt, den wohlverdienten Fußtritt bekommen.

Dass dieser Tag so bald wie möglich anbricht und so gründliche Arbeit wie möglich verrichtet, dazu hat die Affäre Liebknecht – sowohl sein Beispiel wie die Infamien des Reichstages und der Fraktionsmehrheit – tüchtig beigetragen. Nun muss es auch jedem Manne und jeder Frau des Volkes klar sein: Dieses Parlament, diese verächtliche Mameluckenhorde[20] von Payer bis David ist vor dem Gericht der Weltgeschichte abgetan und erledigt. Nur die Selbsttätigkeit der Massen, nur kühne Initiative der Massen, nur nachdrückliche Aktion des Klassenkampfs auf der ganzen Linie kann uns auf den Weg hinaus führen, dem Völkermord, der Militärdiktatur, dem langsamen Verhungern des Volkes ein Ende zu machen.

Und das werden die Massen nur fertigbringen, wenn sie gelernt haben, im Kampfe für die Ideale des internationalen Sozialismus wie Liebknecht das ganze Ich in die Schanze zu schlagen, wenn sie nicht bloß singen, sondern auch durch Taten und Handlungen zeigen:

Nicht zählen wir den Feind,
Nicht die Gefahren all[21].

Wenn sie hunderttausendstimmig, millionenstimmig im ganzen Reich den Ruf Liebknechts immer und immer wieder erheben:

Nieder mit dem Kriege! Proletarier aller Länder, vereinigt euch!

Brief aus dem Gefängnis[1]

An Sonia Liebknecht

Breslau, Mitte Dezember 1917

... Jetzt ist es ein Jahr, dass Karl in Luckau[2] sitzt. Ich habe in diesem Monat oft daran gedacht, und genau vor einem Jahr waren Sie bei mir in Wronke[3], haben mir den schönen Weihnachtsbaum beschert ... Heuer habe ich mir hier einen besorgen lassen, aber man brachte mir einen ganz schäbigen, mit fehlenden Ästen – kein Vergleich mit dem vorjährigen. Ich weiß nicht, wie ich darauf die acht Lichtlein anbringe, die ich erstanden habe. Es ist mein drittes Weihnachten im Kittchen, aber nehmen Sie es ja nicht tragisch. Ich bin so ruhig und heiter wie immer. Gestern lag ich lange wach – ich kann jetzt nie vor ein Uhr einschlafen, muss aber schon um zehn ins Bett – dann träume ich verschiedenes im Dunkeln. Gestern dachte ich also: Wie merkwürdig das ist, dass ich ständig in einem freudigen Rausch lebe – ohne jeden besonderen Grund. So liege ich zum Beispiel hier in der dunklen Zelle auf einer steinharten Matratze, um mich im Hause herrscht die übliche Kirchhofsstille, man kommt sich vor wie im Grabe, vom Fenster her zeichnet sich auf der Decke der Reflex der Laterne, die vor dem Gefängnis die ganze Nacht brennt. Von Zeit zu Zeit hört man nur ganz dumpf das ferne Rattern eines vorbeifahrenden Eisenbahnzuges oder ganz in der Nähe unter den Fenstern das Räuspern der Schildwache, die in ihren schweren Stiefeln ein paar Schritte langsam macht, um die steifen Beine zu bewegen. Der Sand knirscht so hoffnungslos unter diesen Schritten, dass die ganze Öde und Ausweglosigkeit des Daseins daraus klingt in die feuchte, dunkle Nacht. Da liege ich still allein, gewickelt in diese vielfachen schwarzen Tücher der Finsternis, Langeweile, Unfreiheit des Winters – und dabei klopft mein Herz von einer unbegreiflichen, unbekannten inneren Freude, wie wenn ich im strahlenden Sonnenschein über eine blühende Wiese gehen würde. Und ich lächle im Dunkeln dem Leben, wie wenn ich irgendein zauberhaftes Geheimnis wüsste, das alles Böse und Traurige Lügen straft und in lauter Helligkeit und Glück wandelt. Und dabei suche ich selbst nach einem Grund zu dieser Freude, finde nichts und muss wieder lächeln über mich selbst. Ich glaube, das Geheimnis ist nichts anderes als das Leben selbst, die tiefe nächtliche Finsternis ist so schön und weich wie Sammet, wenn man nur richtig schaut. Und in dem Knirschen des feuchten Sandes unter den langsamen schweren Schritten der Schildwache singt auch ein kleines schönes Lied vom Leben – wenn man nur richtig zu hören weiß. In solchen Augenblicken denke ich an Sie und möchte Ihnen so gern diesen Zauberschlüssel mitteilen, damit Sie immer und in allen Lagen das Schöne und Freudige des Lebens wahrnehmen, damit Sie auch im Rausch leben und wie über eine bunte Wiese gehen. Ich denke ja nicht daran, Sie mit Asketentum, mit eingebildeten Freuden abzuspeisen. Ich gönne Ihnen alle reellen Sinnesfreuden. Ich möchte Ihnen nur noch dazu meine unerschöpfliche innere Heiterkeit geben, damit ich um Sie ruhig bin, dass Sie in einem sternbestickten Mantel durchs Leben gehen, der Sie vor allem Kleinen, Trivialen und Beängstigenden schützt.

Sie haben im Steglitzer Park einen schönen Strauß aus schwarzen und rosavioletten Beeren gepflückt. Für die schwarzen Beeren kommen in Betracht entweder Holunder – seine Beeren hängen in schweren, dichten Trauben zwischen großen gefiederten Blattwedeln, sicher kennen Sie sie –, oder, wahrscheinlicher, Liguster, schlanke, zierliche aufrechte Rispen von Beeren und schmale, längliche grüne Blättchen. Die rosigvioletten, unter kleinen Blättchen versteckten Beeren können die der Zwergmispel sein; sie sind zwar eigentlich rot, aber in dieser späten Jahreszeit ein bisschen schon überreif und angefault, erscheinen sie oft violettrötlich; die Blättchen sehen der Myrte ähnlich, klein, spitz am Ende, dunkelgrün und lederig oben, unten rauh.

Sonjuscha, kennen Sie Platens: »Verhängnisvolle Gabel«[4]? Könnten Sie es mir schicken oder bringen? Karl hat einmal erwähnt, dass er sie zu Hause gelesen hat. Die Gedichte Georges[5] sind schön; jetzt weiß ich, woher der Vers: »Und unterm Rauschen rötlichen Getreides[6]!« ... stammt, den Sie gewöhnlich hersagten, wenn wir im Felde spazieren gingen. Können Sie mir gelegentlich den neuen »Amadis« abschreiben, ich liebe das Gedicht so sehr – natürlich dank Hugo Wolfs Lied[7] –, habe es aber nicht hier. Lesen Sie weiter die *Lessinglegende*[8]? Ich habe wieder zu Langes *Geschichte des Materialismus*[9] gegriffen, die mich stets anregt und erfrischt. Ich möchte so sehr, dass Sie sie mal lesen.

Ach, Sonitschka, ich habe hier einen scharfen Schmerz erlebt; auf dem Hof, wo ich spaziere, kommen oft Wagen vom Militär, voll bepackt mit Säcken oder alten Soldatenröcken und Hemden, oft mit Blutflecken ..., die werden hier abgeladen, in die Zellen verteilt, geflickt, dann wieder aufgeladen und ans Militär abgeliefert. Neulich kam so ein Wagen, bespannt, statt mit Pferden mit Büffeln. Ich sah die Tiere zum ersten Mal in der Nähe. Sie sind kräftiger und breiter gebaut als unsere Rinder, mit flachen Köpfen und flach abgebogenen Hörnern, die Schädel also unseren Schafen ähnlicher, ganz schwarz mit großen sanften Augen. Sie stammen aus Rumänien, sind Kriegstrophäen ... die Soldaten, die den Wagen führen, erzählen, dass es sehr mühsam war, diese wilden Tiere zu fangen, und noch schwerer, sie, die an die Freiheit gewöhnt waren, zum Lastdienst zu benutzen. Sie wurden furchtbar geprügelt, bis dass für sie das Wort gilt »vae victis«[10] ... An hundert Stück der Tiere sollen in Breslau allein sein; dazu bekommen sie, die an die üppige rumänische Weide gewöhnt waren, elendes und karges Futter. Sie werden schonungslos ausgenutzt, um alle möglichen Lastwagen zu schleppen, und gehen dabei rasch zugrunde. – Vor einigen Tagen kam also ein Wagen mit Säcken hereingefahren, die Last war so hoch aufgetürmt, dass die Büffel nicht über die Schwelle bei der Toreinfahrt konnten. Der begleitende Soldat, ein brutaler Kerl, fing an, derart auf die Tiere mit dem dicken Ende des Peitschenstieles loszuschlagen, dass die Aufseherin ihn empört zur Rede stellte, ob er denn kein Mitleid mit den Tieren hätte! »Mit uns Menschen hat auch niemand Mitleid!«, antwortete er mit bösem Lächeln und hieb noch kräftiger ein … Die Tiere zogen schließlich an und kamen über den Berg, aber eins blutete … Sonitschka, die Büffelhaut ist sprichwörtlich an Dicke und Zähigkeit, und die war zerrissen. Die Tiere standen dann beim Abladen ganz still erschöpft, und eins, das, welches blutete, schaute dabei vor sich hin mit einem Ausdruck in dem schwarzen Gesicht und den sanften schwarzen Augen, wie ein verweintes Kind. Es war direkt der Ausdruck eines Kindes, das hart bestraft worden ist und nicht weiß, wofür, weshalb, nicht weiß, wie es der Qual und der rohen Gewalt entgehen soll … ich stand davor, und das Tier blickte mich an, mir rannen die Tränen herunter – es waren s e i n e Tränen, man kann um den liebsten Bruder nicht schmerzlicher zucken, als ich in meiner Ohnmacht um dieses stille Leid zuckte. Wie weit, wie unerreichbar, verloren die freien, saftigen, grünen Weiden Rumäniens! Wie anders schien dort die Sonne, blies der Wind, wie anders waren die schönen Laute der Vögel oder das melodische Rufen der Hirten. Und hier – diese fremde, schaurige Stadt, der dumpfe Stall, das ekelerregende muffige Heu mit faulem Stroh gemischt, die fremden, furchtbaren Menschen, und – die Schläge, das Blut, das aus der frischen Wunde rinnt …

Oh, mein armer Büffel, mein armer, geliebter Bruder, wir stehen hier beide so ohnmächtig und stumpf und sind nur eins in Schmerz, in Ohnmacht, in Sehnsucht. –

Derweil tummelten sich die Gefangenen geschäftig um den Wagen, luden die schweren Säcke ab und schleppten sie ins Haus, der Soldat aber steckte beide Hände in die Hosentaschen, spazierte mit großen Schritten über den Hof, lächelte und pfiff leise einen Gassenhauer[11]. Und der ganze herrliche Krieg zog an mir vorbei …

Schreiben Sie schnell, ich umarme Sie, Sonitschka.

Ihre Rosa

Sonjuscha, Liebste, seien Sie trotz alledem ruhig und heiter. So ist das Leben, und so muss man es nehmen, tapfer, unverzagt und lächelnd – trotz alledem.

Der Katastrophe entgegen [1918]

Das welthistorische Schicksal vollzieht sich mit unerbittlicher Logik. Das deutsche Proletariat, das verabsäumt hat, dem Sturmwagen des Imperialismus in die Speichen zu fallen, wird von ihm nunmehr zur Niederringung des Sozialismus und der Demokratie in ganz Europa herumgeschleift. Über die Knochen der russischen und ukrainischen, baltischen, finnischen revolutionären Proletarier, über die nationale Existenz der Belgier, Polen, Litauer, Rumänen, über den wirtschaftlichen Ruin Frankreichs stampft der deutsche Arbeiter, bis über die Knie im Blute watend, vorwärts, um überall die Siegesfahne des deutschen Imperialismus aufzupflanzen.

Aber jeder militärische Sieg, den das deutsche Kanonenfutter draußen erringen hilft, bedeutet einen neuen politischen und sozialen Triumph der Reaktion im Innern des Reiches. Mit jedem Sturm auf die Rote Garde[1] in Finnland und in Südrussland steigt die Macht des ostelbischen Junkertums[2] und des alldeutschen Kapitalismus. Mit jeder zerschossenen Stadt in Flandern fällt eine Position der deutschen Demokratie.

Schon jetzt, mitten im Kriege, wird die deutsche Arbeiterklasse, wie sie's verdient, mit Peitschen und Skorpionen[3] gezüchtigt. Das elende Fiasko der preußischen Wahlreform und die ungeheuerlichste Steuervorlage[4] der deutschen Geschichte sind die ersten Quittungen für die willigen Henker fremder Freiheit.

Die Regierungssozialisten, die aus dem Morast ihrer politischen Prostitution Schätze zu heben vermuten, finden nicht einmal Regenwürmer mehr. Nachdem ihre Politik mit deren einziger Trophäe: der famosen Juliresolution des Reichstages[5], ausgespielt hat, warten sie nur noch resigniert auf den »deutschen Frieden« aus Hindenburgs[6] Händen, der die Revolution und den Sozialismus für immer begraben soll.

Die geschichtliche Spekulation der politischen Maulwürfe wird sich wieder einmal als falsch erweisen. Die Massenschlächterei hat im Westen zwar grausige Dimensionen angenommen, bei alledem ist jedoch die militärische Entscheidung des Krieges heute noch so weit im Felde wie vor ein und zwei Jahren; je rasender der deutsche Militarismus um sich schlägt, umso mehr werden die Weststaaten naturgemäß durch das warnende Exempel der Friedensschlüsse im Osten[7] zum äußersten, zähesten Widerstand aufgepeitscht. Der Schluss der blutigen Orgie, auf den die Scheidemänner[8] und Heilmänner[9] willenlos mit geschlossenen Augen wie auf ein Fatum[10] harren, kann noch lange auf sich warten lassen.

Eins aber stellt sich mit jedem Tag klarer heraus: Der deutsche Sieg kann auf jeden Fall nichts anderes bedeuten als die Katastrophe der bürgerlichen Gesellschaft.

Bei jeder militärischen Entscheidung des heutigen Weltkrieges würde der Imperialismus der eigentliche Sieger, das internationale Proletariat der eigentliche Besiegte sein. Bei einem deutschen Siege jedoch würde der Imperialismus in seiner reaktionärsten, gewalttätigsten, aufreizendsten Gestalt die Herrschaft antreten. Eine Reihe rein historischer Umstände bedingen dies mit zwingender Logik.

Der englische und französische Imperialismus wurzeln in einer Kolonialpolitik alten Datums, sind an traditionelle Bahnen gebunden, der deutsche war bis zum Ausbruch des Weltkrieges im embryonalen Stadium, hat sich erst im Laufe des Krieges zu ungeheuerlichen Dimensionen ausgewachsen, wächst jetzt noch mit jedem Tage und füllt sich im Blutrausch der Millionenschlächterei mit einem Welteroberungsdrang, der keine Traditionen, keine Fesseln und keine Rücksichten kennt.

Der englische und französische Imperialismus haben ihr Macht- und Expansionsgebiet in Übersee, der deutsche hat im

Herzen Europas seine Zelte aufgeschlagen: ganz Osteuropa stöhnt seit dem Gewaltfrieden von Brest-Litowsk[11] unter dem deutschen Joch.

Der englische Imperialismus ist aus geschichtlichen Gründen an gewisse demokratische Formen gebunden, der französische aus wirtschaftlichen Gründen an ein langsames Tempo und stagnierenden Charakter gewöhnt. Der deutsche Imperialismus verbindet das brutale Draufgängertum des preußischen Junker- und Polizeistaates mit der ungestümen Gier eines modernen Finanzkapitals, das gerade in der Bluttaufe dieses Krieges seine größte Zusammenballung erreicht hat.

Während deshalb der anglo-französische Imperialismus im Laufe des letzten Jahrhunderts alle vorkapitalistischen Verhältnisse in Asien und Afrika umgestürzt hat, war und ist seine Politik in Europa selbst wesentlich konservativ. Der deutsche Imperialismus wirft jetzt die Brandfackel des Umsturzes und der Anarchie in europäische kapitalistische Verhältnisse selbst. In wenigen Monaten seiner skrupellosen Wirtschaft nach ostelbischen Methoden hat er in Polen, Litauen, Estland, Kurland, Livland, der Ukraine, in Rumänien, auf dem Kaukasus das Unterste nach oben gekehrt. Von Finnland bis zum Schwarzen Meer hat er ein Elend, einen Ruin, ein unentwirrbares Durcheinander, eine Verschärfung der nationalen und der Klassengegensätze und einen tödlichen Hass erzeugt, die ganz Osteuropa in einen brodelnden Vulkan verwandeln. Nur mit Mühe äußerlich zurückgehalten, ist die Explosion im Osten nur eine Frage der Zeit.

Alles aber, was an zuckender Anarchie, an wetterleuchtenden Stürmen im Osten sich ankündet, ist ein Kinderspiel gegen das, was im Westen am Horizont sich erhebt, falls auch dort Hindenburgs »Dicke Berta«[12] »Ordnung« schaffen sollte, falls Frankreich wie Polen Stücke lebendigen Fleisches aus der Flanke gerissen, falls Belgien wie die Ukraine dauernd erdrosselt, falls Flandern wie das Baltikum mit deutscher »Befreiung« beglückt werden sollte!

Gerade weil jeder deutsche Sieg im Westen die ostelbische Reaktion und den imperialistischen Wahnwitz im Innern ins Ungemessene steigert, wird eine Neuordnung in Westeuropa von einiger Dauerhaftigkeit wie die Herstellung irgendeines für alle Völker halbwegs erträglichen Gleichgewichts auch nur in bürgerlich-kapitalistischen Formen unter deutschem Diktat ein Ding der Unmöglichkeit.

Die Weltherrschaft der »Dicken Berta«, Europa unter dem Joche Preußen-Deutschlands – das ist eben eine weltfremde Phantasie, an die nur die Reventlows[13] in ihrem naiven Kannibalismus, in ihrer politischen Urwaldnacktheit oder aber nur die Lakaienseelen[14] des Regierungssozialismus allen Ernstes glauben können. Die deutsche Säbelherrschaft über Europa ist ein Fiebertraum des Blutrausches, aus dem das Erwachen die europäische Revolution heißt.

Diesem Ziel und keinem andern taumeln die deutschen »Sieger« entgegen, wenn sie jetzt skrupellos Völker ausplündern, Länder ruinieren, Revolutionen erdrosseln, Nationen »befreien«, aus fremden Gebieten Riemen schneiden, blühende Fluren in grausige Einöden verwandeln und Menschenblut wie Jauche verspritzen.

Und wie würde es im Innern Deutschlands nach einem »deutschen Siege« aussehen? Deutschland in ein Kriegslager auf die Dauer verwandelt, um das besiegte Europa mit Blut und Eisen niederzuhalten, das heißt nichts anderes als der grinsende Staatsbankerott, der wirtschaftliche Ruin unter der Last der schwindelnden Kriegsschuld und der weiteren Rüstungen. In ihrem Gefolge die neunschwänzige Katze[15] der indirekten Steuern und Monopole, das heißt also nach dem Kriegshungern aus vaterländischer Begeisterung das Friedenshungertuch als einziger Lohn für die Volksmasse!

So sieht das tausendjährige Reich des deutschen Imperialismus der Anarchie draußen dem Zusammenbruch im Innern so ähnlich wie ein Ei dem andern. Der »deutsche Sieg« – ob und wann er immer kommen mag – ist auf Sand gebaut; richtiger auf einem Orkan, er ist ein Kartenhaus, das nicht einen Tag ruhig bestehen kann, unter dem schon am andern Tage die Fundamente zu beben und zu bersten beginnen.

Der deutsche Arbeiter wird also – und sehr bald und erst recht nach einem »deutschen Siege« – zur Revolution greifen müssen, ob er sich noch so sträubt und totstellt und die Stimme der Zeit nicht hören will. Der Henker fremder Freiheit, der Gendarm der europäischen Reaktion wird gegen sein eigen Werk sehr bald rebellieren müssen, weil eherne geschichtliche Gesetze ihrer nicht spotten lassen. Mit eigenen Händen, durch eigenen Kadavergehorsam, durch eigene »Siege« im Dienste der Reaktion bereitet der deutsche Proletarier in diesen Tagen die europäische und folglich die deutsche Revolution vor.

Und wenn die Stunde schlägt, werden diejenigen, die sich jetzt von Russland abgewendet haben, um vor Hindenburg auf dem Bauch zu rutschen, wieder nach Osten sich wenden, um sich ein wenig heilige Glut von dem Brande zu borgen, den sie heute mit blutbesudelten Kommissstiefeln auf Geheiß des Imperialismus auszutreten sich mühen.

Die Ordnung herrscht in Berlin [1919]

»*Ordnung herrscht in Warschau!*«, teilte der Minister Sebastiani[1] im Jahre 1831 in der Pariser Kammer mit, als Paskiewitschs Soldateska[2] nach dem furchtbaren Sturm auf die Vorstadt Praga in der polnischen Hauptstadt eingerückt war und ihre Henkerarbeit an den Aufständischen begonnen hatte.

»*Ordnung herrscht in Berlin!*«, verkündet triumphierend die bürgerliche Presse, verkünden Ebert und Noske[3], verkünden die Offiziere der »siegreichen Truppen«, denen der Berliner kleinbürgerliche Mob in den Straßen mit Tüchern winkt, mit Hurra zujubelt. Der Ruhm und die Ehre der deutschen Waffen sind vor der Weltgeschichte gerettet. Die jämmerlich Geschlagenen von Flandern und den Argonnen haben ihren Ruf wiederhergestellt durch den glänzenden Sieg – über die 300 »Spartakisten« im *Vorwärts*[4]. Die Zeiten des ersten ruhmreichen Eindringens deutscher Truppen in Belgien, die Zeiten Generals von Emmich[5], des Bezwingers von Lüttich, erblassen vor den Taten der Reinhardt und Gen.[6] in den Straßen Berlins. Niedergemetzelte *Parlamentäre*, die über die Übergabe des *Vorwärts* verhandeln wollten und von der Regierungs-Soldateska mit Kolben bis zur Unkenntlichkeit zugerichtet wurden, so dass die Rekognoszierung[7] ihrer Leichen unmöglich ist, Gefangene, die an die Wand gestellt und in einer Weise hingemordet werden, dass Schädel und Hirn herumspritzen: Wer denkt da noch angesichts so glorreicher Taten an die schmählichen Niederlagen vor den Franzosen, Engländern und Amerikanern? »Spartakus« heißt der Feind und Berlin der Ort, wo unsere Offiziere zu siegen verstehen, Noske, der »Arbeiter«, heißt der General, der Siege zu organisieren weiß, wo Ludendorff[8] versagt hat.

Wer denkt da nicht an den Siegesrausch der »Ordnungs«-meute in Paris, an das Bacchanal der Bourgeoisie auf den Leichen der Kommunekämpfer[9], derselben Bourgeoisie, die eben erst vor den Preußen erbärmlich kapituliert und die Hauptstadt des Landes dem äußeren Feinde preisgegeben hatte, um selbst, wie die letzten Feiglinge, Fersengeld zu geben! Aber gegen die schlecht bewaffneten, ausgehungerten Pariser Proletarier, gegen ihre wehrlosen Weiber und Kinder – wie flammte da wieder der Mannesmut der Bourgeoissöhnchen, der »goldenen Jugend«, der Offiziere auf! Wie tobte sich da die Tapferkeit der vor dem äußeren Feind zusammengeknickten Marssöhne[10] in bestialischen Grausamkeiten an Wehrlosen, an Gefangenen, an Gefallenen aus!

»Ordnung herrscht in Warschau!« »Ordnung herrscht in Paris!« »Ordnung herrscht in Berlin!« So laufen die Meldungen der Hüter der »Ordnung« jedes halbe Jahrhundert von einem Zentrum des weltgeschichtlichen Kampfes zum anderen. Und die frohlockenden »Sieger« merken nicht, dass eine »Ordnung«, die periodisch durch blutige Metzeleien aufrechterhalten werden muss, unaufhaltsam ihrem historischen Geschick, ihrem Untergang entgegengeht. Was war diese letzte »Spartakus-Woche« in Berlin, was hat sie gebracht, was lehrt sie uns? Noch mitten im Kampf, mitten im Siegesgeheul der Gegenrevolution müssen sich die revolutionären Proletarier über das Geschehene Rechenschaft ablegen, die Vorgänge und ihre Ergebnisse am großen historischen Maßstab messen. Die Revolution hat keine Zeit zu verlieren, sie stürmt weiter – über noch offene Gräber, über »Siege« und »Niederlagen« hinweg – ihren großen Zielen entgegen. Ihren Richtlinien, ihren Wegen mit Bewusstsein zu folgen, ist die erste Aufgabe der Kämpfer für den internationalen Sozialismus.

War ein endgültiger Sieg des revolutionären Proletariats in dieser Auseinandersetzung, war der Sturz der Ebert-Scheidemann[11] und eine Aufrichtung der sozialistischen Diktatur zu erwarten? Gewiss nicht, wenn man alle Momente reiflich in

Betracht zieht, die über die Frage entscheiden. Die wunde Stelle der revolutionären Sache in diesem Augenblick, die politische Unreife der Soldatenmasse, die sich immer noch von ihren Offizieren zu volksfeindlichen gegenrevolutionären Zwecken missbrauchen lässt, ist allein schon ein Beweis dafür, dass ein *dauernder* Sieg der Revolution in diesem Zusammenstoß nicht möglich war. Andererseits ist diese Unreife des Militärs selbst nur ein Symptom der allgemeinen Unreife der deutschen Revolution.

Das platte Land, aus dem ein großer Prozentsatz der Soldatenmasse stammt, ist nach wie vor noch von der Revolution kaum berührt. Berlin ist bislang noch vom Reich so gut wie isoliert. Zwar stehen in der Provinz die revolutionären Zentren – im Rheinland, an der Wasserkante, in Braunschweig, in Sachsen, in Württemberg – mit Leib und Seele aufseiten des Berliner Proletariats. Doch fehlt vorerst noch der unmittelbare Gleichschritt des Vormarsches, die direkte Gemeinsamkeit der Aktion, die den Vorstoß und die Schlagfertigkeit der Berliner Arbeiterschaft unvergleichlich wirksamer gestalten würde. Sodann sind – was nur der tiefere Zusammenhang jener politischen Unfertigkeiten der Revolution – die wirtschaftlichen Kämpfe, die eigentliche vulkanische Quelle, die den revolutionären Klassenkampf fortlaufend speist, erst im Anfangsstadium begriffen.

Aus alledem ergibt sich, dass auf einen endgültigen, dauernden Sieg in diesem Augenblick noch nicht gerechnet werden konnte. War deshalb der Kampf der letzten Woche ein »Fehler«? Ja, wenn es sich überhaupt um einen absichtlichen »Vorstoß«, um einen sogenannten »Putsch« handeln würde! Was war aber der Ausgangspunkt der letzten Kampfwoche? Wie in allen bisherigen Fällen, wie am 6. Dezember[12], wie am 24. Dezember[13] – eine brutale Provokation der Regierung! Wie früher das Blutbad gegen wehrlose Demonstranten in der Chausseestraße, wie die Metzelei gegen die Matrosen, so war diesmal der Anschlag gegen das Berliner Polizeipräsidium[14] die Ursache aller weiteren Ereignisse. Die Revolution operiert eben nicht aus freien Stücken, in einem offenen Blachfeld[15], nach einem schlau von »Strategen« zurechtgelegten Plan. Ihre Gegner haben *auch* die Initiative, ja, sie üben sie in der Regel viel mehr als die Revolution selbst aus.

Vor die Tatsache der frechen Provokation seitens der Ebert-Scheidemann gestellt, war die revolutionäre Arbeiterschaft *gezwungen*, zu den Waffen zu greifen. Ja, es war *Ehrensache* der Revolution, sofort den Angriff mit aller Energie abzuschlagen, sollten nicht die Gegenrevolution zu weiterem Vordringen ermuntert, die revolutionären Reihen des Proletariats, der moralische Kredit der deutschen Revolution in der Internationale erschüttert werden.

Der sofortige Widerstand kam auch spontan mit einer so selbstverständlichen Energie aus den Berliner Massen heraus, dass gleich im ersten Anlauf der moralische Sieg aufseiten der »Straße« blieb.

Nun ist es inneres Lebensgesetz der Revolution, nie beim erreichten Schritt in Untätigkeit, in Passivität stehenzubleiben. Die beste Parade ist ein kräftiger Hieb[16]. Diese elementare Regel jeden Kampfes beherrscht erst recht alle Schritte der Revolution. Es versteht sich von selbst und zeugt von dem gesunden Instinkt, von der inneren frischen Kraft des Berliner Proletariats, dass es sich nicht bei der Wiedereinsetzung Eichhorns[17] in sein Amt beruhigte, dass es spontan zur Besetzung anderer Machtposten der Gegenrevolution: der bürgerlichen Presse, des offiziösen Nachrichtenbüros, des *Vorwärts*, schritt. Alle diese Maßnahmen ergaben sich bei der Masse aus der instinktiven Erkenntnis, dass sich die Gegenrevolution ihrerseits bei der davongetragenen Niederlage nicht beruhigen, sondern auf eine allgemeine Kraftprobe ausgehen wird.

Auch hier stehen wir vor einem der großen historischen Gesetze der Revolution, gegen die alle Klügeleien und Besserwissereien jener kleinen »Revolutionäre« vom Schlage der USP[18] zerschellen, die in jedem Kampfe nur nach Vorwänden zum Rückzug haschen. Sobald das Grundproblem der Revolution klar aufgestellt worden ist – und das ist in *dieser* Revolution der Sturz der Regierung Ebert-Scheidemann als des ersten Hindernisses für den Sieg des Sozialismus –, dann taucht dieses Grundproblem immer wieder in seiner ganzen Aktualität auf, und jede einzelne Episode des Kampfes rollt mit der Fatalität eines Naturgesetzes das Problem in seinem vollen Umfang auf, mag die Revolution zu seiner Lösung noch so unvorbereitet, mag die Situation noch so unreif sein. »Nieder mit Ebert-Scheidemann!« – diese Losung taucht unausweichlich in jeder Revolutionskrise auf, als die einzig erschöpfende Formel aller partiellen Konflikte, und treibt dadurch von selbst, durch ihre innere objektive Logik, ob man es will oder nicht, jede Kampfepisode auf die Spitze.

Aus diesem Widerspruch zwischen der Zuspitzung der Aufgabe und den mangelnden Vorbedingungen zu ihrer Lösung in einer anfänglichen Phase der revolutionären Entwicklung ergibt sich, dass die Einzelkämpfe der Revolution formal mit einer *Niederlage* enden. Aber die Revolution ist die einzige Form des »Krieges« – auch dies ihr besonderes Lebensgesetz –, wo der Endsieg nur durch eine Reihe von »Niederlagen« vorbereitet werden kann!

Was zeigt uns die ganze Geschichte der modernen Revolutionen und des Sozialismus? Das erste Aufflammen des Klassenkampfes in Europa, der Aufruhr der Lyoner Seidenweber 1831[19], endete mit einer schweren Niederlage; die Chartistenbewegung in England – mit einer Niederlage. Die Erhebung des Pariser Proletariats in den Junitagen 1848[20] endete mit einer niederschmetternden Niederlage. Die Pariser Kommune[21] endete mit einer furchtbaren Niederlage. Der ganze Weg des Sozialismus ist – soweit revolutionäre Kämpfe in Betracht kommen – mit lauter Niederlagen besät.

Und doch führt diese selbe Geschichte Schritt um Schritt unaufhaltsam zum endgültigen Siege! Wo wären wir heute *ohne* jene »Niederlagen«, aus denen wir historische Erfahrung, Erkenntnis, Macht, Idealismus geschöpft haben! Wir fußen heute, wo wir unmittelbar bis vor die Endschlacht des proletarischen Klassenkampfes herangetreten sind, geradezu auf jenen Niederlagen, deren *keine* wir missen dürften, deren jede ein Teil unserer Kraft und Zielklarheit ist.

Es ist da mit Revolutionskämpfen das direkte Gegenteil der parlamentarischen Kämpfe. Wir hatten in Deutschland binnen vier Jahrzehnten lauter parlamentarische »Siege«, wir schritten geradezu von Sieg zu Sieg. Und das Ergebnis war bei der großen geschichtlichen Probe am 4. August 1914[22] eine vernichtende politische und moralische Niederlage, ein unerhörter Zusammenbruch, ein beispielloser Bankerott. Die Revolutionen haben uns bis jetzt lauter Niederlagen gebracht, aber diese unvermeidlichen Niederlagen häufen gerade Bürgschaft auf Bürgschaft des künftigen Endsieges.

Allerdings unter *einer* Bedingung! Es fragt sich, unter welchen Umständen die jeweilige Niederlage davongetragen wurde, ob sie sich dadurch ergab, dass die vorwärtsstürmende Kampfenergie der Massen an die Schranke der mangelnden Reife der historischen Voraussetzungen geprallt, oder aber dadurch, dass die revolutionäre Aktion selbst durch Halbheit, Unentschlossenheit, innere Schwächen gelähmt war.

Klassische Beispiele für beide Fälle sind einerseits die französische Februarrevolution[23], andererseits die deutsche Märzrevolution[24]. Die heldenmütige Aktion des Pariser Proletariats im Jahre 1848 ist der lebendige Quell der Klassenenergie für das ganze internationale Proletariat geworden. Die Jämmerlichkeiten der deutschen Märzrevolution hingen der ganzen modernen deutschen Entwicklung wie eine Fußkugel[25] an. Sie wirkten durch die besondere Geschichte der offiziellen deutschen Sozialdemokratie bis in die jüngsten Vorgänge der deutschen Revolution, bis in die eben erlebte dramatische Krise nach.

Wie erscheint die Niederlage dieser sogenannten »Spartakuswoche« im Lichte der obigen historischen Frage? War sie eine Niederlage aus stürmender Revolutionsenergie und unzulänglicher Reife der Situation, oder aber aus Schwächlichkeit und Halbheit der Aktion?

Beides! Der zwiespältige Charakter dieser Krise, der Widerspruch zwischen dem kraftvollen, entschlossenen, offensiven Auftreten der Berliner Massen und der Unentschlossenheit, Zaghaftigkeit, Halbheit der Berliner Führung ist das besondere Kennzeichen dieser jüngsten Episode.

Die Führung hat versagt. Aber die Führung kann und muss von den Massen und aus den Massen heraus neu geschaffen werden. Die Massen sind das Entscheidende, sie sind der Fels, auf dem der Endsieg der Revolution errichtet wird. Die Massen waren auf der Höhe, sie haben diese »Niederlage« zu einem Glied jener historischen Niederlagen gestaltet, die der Stolz und die Kraft des internationalen Sozialismus sind. Und darum wird aus dieser »Niederlage« der künftige Sieg erblühen.

»Ordnung herrscht in Berlin!« Ihr stumpfen Schergen! Eure »Ordnung« ist auf Sand gebaut. Die Revolution wird sich morgen schon »rasselnd wieder in die Höh' richten« und zu eurem Schrecken mit Posaunenklang verkünden:

Ich war, ich bin, ich werde sein![26]

Anmerkungen

Tolstoi als sozialer Denker

1 *Tolstoi*: Der russische Schriftsteller Lew Nikolajewitsch Graf Tolstoi (1828–1910) wurde u. a. durch seine Romane *Krieg und Frieden* und *Anna Karenina* bekannt.

2 *Ibsen*: Henrik Johan Ibsen (1828–1906) war ein norwegischer Dramatiker. Er schrieb u. a. *Peer Gynt, Nora, ein Puppenheim* und *Die Wildente*.

3 *Räsoneurs*: Räsoneur: eine Figur im Theater, die lediglich andere Personen beobachtet und deren Tun distanziert kommentiert.

4 *achtziger und Anfang der neunziger Jahre*: des 19. Jahrhunderts.

5 *indolenten*: gleichgültigen, trägen.

6 *Nikolaus' I.*: Der russische Zar (1796–1855) unterdrückte jede Form revolutionärer Bewegung im In- und Ausland und verfolgte rücksichtslos die Zwangsbekehrung Andersgläubiger, besonders von Juden.

7 *Narodnaja Wolja*: russ. für ›Volkswille‹, eine Geheimgesellschaft im zaristischen Russland, die verantwortlich für die Ermordung von Zar Alexander II. im Jahre 1881 war.

8 *Utopistenklassiker*: Werke, die ein zukünftiges, neues Gesellschaftssystem ausmalen (»U-topos«: wörtl.: ›ohne Ort‹).

9 *Saint-Simon, Fourier und Owen*: Henri de Saint-Simon (1760–1825) war zunächst Privatgelehrter, wurde aber nach Napoleons Sturz 1815 immer bekannter. Nach seiner Meinung sind nur die, die arbeiten, wertvolle Mitglieder der Gesellschaft. Der französische Frühsozialist Charles Fourier (1772–1837) übte scharfe Kritik an den Auswüchsen des frühen Kapitalismus. Der englische Frühsozialist Robert Owen (1771–1858) gründete 1799 die erste Genossenschaft.

10 *Degradation*: Abstieg.

11 *»Arbeiterfrage«*: Schrift von Tolstoi, vgl. zum folgenden Zitat die Übersetzung aus Tolstoi, Lev N., *Zur Arbeiterfrage*, Berlin 1901, S. 5–7.

12 *Agitationsschrift*: Propaganda, aggressiver Beeinflussungsversuch im politischen Bereich.

13 *Rente*: hier: Miete, Pacht.

14 *Zolas*: Der französische Romancier und Journalist Émile Zola (1840–1902) wurde u. a. durch seine Romane *Thérèse Raquin*, *Nana* und *Germinal* bekannt.

15 *auf das Piedestal erhebt*: auf ein Podest hebt, d. h. anbetet, verklärt.

16 *»Kapital«*: Fragment gebliebenes, gewaltiges Hauptwerk von Karl Marx (1818–1883).

17 *dass alles wert sei, zugrunde zu gehen*: Zitat aus Johann Wolfgang Goethe, *Faust. Der Tragödie Erster Teil*, Ditzingen 1986 [u. ö.], v. 1338–1344: Mephisto antwortet Faust auf die Frage, wer er sei: »Ich bin der Geist der stets verneint! / Und das mit Recht; denn alles, was entsteht / Ist wert dass es zugrunde geht; / Drum besser wär's dass nichts entstünde. / So ist denn alles, was ihr Sünde, / Zerstörung, kurz das Böse nennt, / Mein eigentliches Element.«

18 *Fouriers*: s. Anm. 9.

19 *von Winckelmann und Kant bis Taine*: Johann Joachim Winckelmann (1717–1768) war Archäologe, Kunsttheoretiker und gilt als Begründer des Klassizismus. Der deutsche Philosoph Immanuel Kant (1724–1804) war kunsttheoretisch einflussreich durch seine *Kritik der Urteilskraft*. Hippolyte Taine (1828–1893) war ein bekannter französischer Kunsttheoretiker.

20 *Sie stürzt, sie zerfällt, die schöne Welt, ein Halbgott hat sie zerschlagen*: Der Chor der Geister meint unhörbar für Faust: »Weh! weh! / Du hast sie zerstört, / Die schöne Welt, / Mit mächtiger Faust; / Sie stürzt, sie zerfällt! / Ein Halbgott hat sie zerschlagen! / Wir tragen / Die Trümmern ins Nichts hinüber, / Und klagen / Über die verlorne Schöne.« (s. Anm. 17, v. 1607–1616.)

21 *Sanskrit*: Altindisch in allen seinen Formen.

22 *Kunstfexerei*: Kunst-Ableger.

23 *Slevogt*: Der Künstler Max Slevogt (1868–1932) wurde insb. für seine Landschaftsmalerei außerhalb des Ateliers bekannt, er war Gründungsmitglied des Deutschen Künstlerbundes.

24 *Hodler*: Ferdinand Hodler (1853–1918) war ein schweizerischer Maler (Jugendstil und Symbolismus).

1 *Reichstagswahlen*: Nach den Wahlen am 12. Januar 1912 erhöhten sich die Mandate der Sozialdemokraten von 43 auf 110, die damit zur stärksten Fraktion wurden.
2 *behufs*: für, um ... zu erreichen.
3 *Haager Konferenz*: Nach der ersten Haager Friedenskonferenz, die 1898 wegen drohender Kriegsgefahr einberufen worden war, nahmen an der zweiten Konferenz vom 15. Juni bis zum 18. Oktober 1907 Vertreter aus 44 Staaten teil. Ziel war es, eine internationale Rechtsordnung zu etablieren, die bei Streitfällen zwischen Nationen eingreifen sollte. Der Plan scheiterte aufgrund der deutschen ablehnenden Haltung, der sich Österreich-Ungarn, die Türkei und weitere Staaten anschlossen.
4 *Treves*: Der Journalist und Übersetzer Angelo Treves (1873–1937) setzte sich früh für die italienische Arbeitervertretung (Associazione Generale degli Operai) ein und schrieb für die Zeitschrift *Critica Sociale*, bevor er sich enttäuscht aus der Politik zurückzog.
5 *für die holde Schöpfung des Blutzaren*: Die erste Haager Konferenz war auf Betreiben des russischen Zaren Nikolaus II. (1868–1918) zustande gekommen (vgl. Anm. 3).
6 *in der Art derjenigen der englischen Regierung*: Im März 1911 wurde im britischen Unterhaus darüber diskutiert, mit Deutschland ein Abkommen zu schließen, das militärische Ausgaben einschränkt, um dem finanziellen Ruin beider zu entgehen.
7 *Ledebour*: Der deutsche Politiker und Journalist Georg Ledebour (1850–1947) war Antimilitarist und Gegner des 1. Weltkriegs; er floh 1933 in die Schweiz.
8 *Losungen*: Slogans, Wahlsprüche, Motti.
9 *Präludium*: wörtl.: ›Vorspiel‹.
10 *Burenkrieg*: Gemeint ist hier der »Zweite Burenkrieg« oder »Südafrikanische Krieg« zwischen Großbritannien und einigen Burenrepubliken um Bodenschätze sowie die Vereinigung in ein koloniales Reich, die mit der tatsächlichen Einordnung der Burenstaaten in das britische Reich endete.
11 *Chinafeldzug*: 1900 entsandte das deutsche Kaiserreich Soldaten im

Zusammenschluss mit Frankreich, Großbritannien, Italien, Japan, Österreich-Ungarn, Russland und den USA in den sogenannten »Boxerkrieg«, um die um Unabhängigkeit bemühten Chinesen niederzuringen (vgl. Anm. 33).

12 *Russisch-Japanischen Krieg*: Der Krieg (1904–1905) endete mit einer empfindlichen Niederlage Russlands.

13 *Hererokrieg*: Völkermord an den Herero und Nama (1904–1908) durch die deutsche Kolonialmacht.

14 *Revaler Entente zwischen Russland, England und Frankreich*: Die sog. Triple Entente (nach frz. *Entente* für ›Absprache‹) zwischen Großbritannien, Frankreich und Russland entstand auf Basis der Französisch-Russischen Allianz von 1894 und wurde im 1. Weltkrieg kriegsentscheidend. *Reval* ist der deutsche Name für die estnische Hauptstadt Tallinn, in der sich am 9./10. Juni 1908 Zar Nikolaus II. (1868–1918) und der englische König Eduard VII. (1841–1910) trafen. Der französische Präsident Clément Armand Fallières (1841–1931), von 1906 bis 1913 Staatspräsident der Dritten Französischen Republik, kam Ende Juli 1908 mit dem Zaren in Reval zusammen, um das russisch-französische Bündnis zu bekräftigen.

15 *Jaurès*: Jean Jaurès (1859–1914), sozialistischer Politiker und Historiker, wurde unmittelbar vor Beginn des 1. Weltkriegs von einem französischen Nationalisten ermordet.

16 *Potsdamer Vereinbarung*: Am 4. November 1910 besuchte Nikolaus II. (1868–1918) Deutschland. Der ihn begleitende Außenminister verhandelte mit dem Staatssekretär des Auswärtigen Amtes über beider Länder Interessen in Persien und über die Bagdadbahn, doch wegen zu starker Forderungen der deutschen Seite kam es zu keiner Einigung.

17 *Sir Edward Greys*: Edward Grey (1862–1933) war Außenminister Englands vor und während des 1. Weltkriegs (1905–1916).

18 *Kartelle und Trusts*: Unter einem *Kartell* versteht man den (illegalen) Zusammenschluss eigentlich nicht verbundener Firmen, um Wettbewerb untereinander zu verhindern. Mit *Trust* ist der vertraglich vereinbarte Zusammenschluss mehrerer Unternehmen gemeint, um auf diese Weise eine Monopolstellung zu gewinnen.

19 *Dornen [...] um ihr Dulderhaupt*: Anspielung auf die Dornenkrone von Jesus Christus, vgl. etwa Joh. 19,2.

20 *Ledebour*: s. Anm. 7.

21 *unter den Schlitten kommen zu lassen*: unter die Räder kommen zu lassen.

22 *Kautsky*: Karl Johann Kautsky (1854–1938), deutsch-tschechischer Sozialdemokrat und Philosoph, hatte sich 1910 gegen Luxemburgs Verständnis von Revolution ausgesprochen. Er distanzierte sich von spontanen revolutionären Strömungen in der Arbeiterschaft. Das folgende Zitat stammt aus Karl Kautsky, »Krieg und Frieden. Betrachtungen zur Maifeier«, in: *Die Neue Zeit* 29 (1910/11), Stuttgart, Bd. 2, S. 1205 f.

23 *ad hoc*: aus dem Moment heraus.

24 *das Herzogtum Warschau napoleonischen Angedenkens*: Von 1807 bis 1815 bestehender, von Napoleon eingerichteter Satellitenstaat, zwischen Russland, Österreich und Preußen gelegen.

25 *den politischen Reifen um das Ganze*: In der Fassbinderei hält ein Fassreifen die verschiedenen schlanken, über Dampf gebogenen Bretter bzw. Fassdauben unter Spannung zusammen.

26 *Märzrevolution*: die deutsche Revolution 1848/1849.

27 *fünfziger Jahren*: des 19. Jahrhunderts.

28 *der Zweibund und der Dreibund*: Der *Zweibund* war anfänglich ein geheimer Vertrag über gemeinsame Verteidigungsabsichten von 1879 (veröffentlicht 1888) zwischen dem Deutschen Reich und Österreich-Ungarn. Der *Dreibund* entstand durch den Beitritt Italiens am 20. Mai 1882.

29 *seit 40 Jahren*: also seit dem deutsch-französischen Krieg von 1870/1871.

30 *Krähwinkel*: Fiktionaler Ortsname ohne realen Bezug, der für kleinstädtische Borniertheit und Dummheit steht.

31 *Prof. Julius Wolf*: Der österreichische Nationalökonom (1862–1937) war der Lehrer von Luxemburg, die es liebte, ihn in heiße Diskussionen zu verwickeln.

32 *Waldersee*: Der General Alfred Heinrich Karl Ludwig Graf von Waldersee (1832–1904) wurde vom Deutschen Reich zur Niederschlagung des Boxeraufstandes (vgl. Anm. 11 und 33) entsandt.

33 *Hunnenevangelium*: Anspielung auf die »Hunnenrede« Kaiser Wilhelms II. vom 27. Juli 1900. Die entscheidende Passage, gerichtet an die nach China abrückenden Soldaten, lautet in der offiziellen Version: »Kommt ihr an ihn [den Feind], so wißt: Pardon wird (euch) nicht gegeben. Gefangene werden nicht gemacht. Führt eure Waffen so, daß auf tausend Jahre hinaus kein Chinese mehr es wagt, einen Deutschen scheel anzusehen. Wahrt Manneszucht. Der Segen Gottes sei mit euch, die Gebete eines ganzen Volkes, Meine Wünsche begleiten euch, jeden einzelnen. Öffnet der Kultur den Weg ein für allemal! Nun könnt ihr reisen! Adieu Kameraden!« Zit. nach Johannes Penzler (Hrsg.), *Die Reden Kaiser Wilhelms* II., Bd. 2: 1896–1900, Leipzig [o. J.], S. 209–212, hier S. 210 f. Die inoffizielle, aber akkurater wiedergegebene Version lautete: »Kommt ihr vor den Feind, so wird derselbe geschlagen! Pardon wird nicht gegeben! Gefangene werden nicht gemacht! Wer euch in die Hände fällt, sei euch verfallen! Wie vor tausend Jahren die Hunnen unter ihrem König Etzel sich einen Namen gemacht, der sie noch jetzt in Überlieferung und Märchen gewaltig erscheinen läßt, so möge der Name Deutscher in China auf 1000 Jahre durch euch in einer Weise bestätigt werden, daß es niemals wieder ein Chinese wagt, einen Deutschen scheel anzusehen!« Vgl. Manfred Görtemaker, *Deutschland im 19. Jahrhundert. Entwicklungslinien*, Opladen 1996, S. 357.

34 *Panier*: Banner, Fahne.

35 *Antagonismus*: unauflöslicher Widerspruch.

36 *»Das Wort sie sollen lassen stahn.«*: Nach Martin Luthers (1483–1546) Lied »Ein feste Burg ist unser Gott«: »[...] // Und wenn die Welt voll Teufel wär / und wollt uns gar verschlingen, / so fürchten wir uns nicht so sehr, / es soll uns doch gelingen. / Der Fürst dieser Welt, / wie sau'r er sich stellt, / tut er uns doch nicht; / das macht, er ist gericht': / ein Wörtlein kann ihn fällen. // Das Wort sie sollen lassen stahn / und kein' Dank dazu haben; / er ist bei uns wohl auf dem Plan / mit seinem Geist und Gaben. / Nehmen sie den Leib, / Gut, Ehr, Kind und Weib: / Lass fahren dahin, / sie haben's kein' Gewinn, / das Reich muß uns doch bleiben."

Frauenwahlrecht und Klassenkampf

1 *Emma Ihrer*: Die deutsche Politikerin und Frauenrechtlerin (1857–1911) gab u.a. die Zeitschriften *Die Arbeiterin* (ab 1891) und *Die Gleichheit* (ab 1892) heraus.

2 *am 12. Januar […] den glänzenden Sieg*: vgl. Anm. 1 (S. 85) zu Kap. »Friedensutopien«.

3 *das Instrument des Himmels*: König- und Kaisertum galt als von Gott gegeben.

4 *mit dem Tross*: mit dem langen Zug der Armee (mit Versorgungseinheiten und mitreisenden Angehörigen).

5 *Robespierre*: Der Rechtsanwalt und Führer der Jakobiner während der französischen Revolution Maximilien de Robespierre (1758–1794) war einer der heftigsten Verfechter der Terrorherrschaft und verurteilte viele unter Verdacht stehende Gegner der Revolution zum Tode. Er wurde mit der Guillotine hingerichtet.

6 *Arbeiterkommune*: Auch »Pariser Kommune« genannt, ein revolutionärer Pariser Stadtrat, der vom 18. März bis 28. Mai 1871 versuchte, Paris nach sozialistischen Vorstellungen zu leiten (bei der Niederschlagung in der sog. Blutigen Maiwoche wurden etwa 30 000 Menschen getötet und 40 000 inhaftiert).

7 *Mitrailleusen*: Mehrschussgeschützen (maschinengewehrartig).

8 *des häuslichen Waltens*: Anspielung auf Schillers (1759–1805) Gedicht »Das Lied von der Glocke«: »Und drinnen [im Haus] waltet / Die züchtige Hausfrau, / Die Mutter der Kinder, / Und herrschet weise / Im häuslichen Kreise, / Und lehret die Mädchen / Und wehret den Knaben, / Und reget ohn' Ende / Die fleissigen Hände, / Und mehrt den Gewinn / Mit ordnendem Sinn. / Und füllet mit Schätzen die duftenden [Schub-]Laden, / Und dreht um die schnurrende Spindel den Faden, / Und sammelt im reinlich geglätteten Schrein / Die schimmernde Wolle, den schneeigten Lein, / Und füget zum Guten den Glanz und den Schimmer, / Und ruhet nimmer.« Friedrich Schiller, »Das Lied von der Glocke«, in: *Gedichte*, hrsg. von Norbert Oellers, Stuttgart 1999 [u.ö.], (Reclams Universal-Bibliothek. 1710.) v. 116–133.

9 *Friedrich Engels*: (1820–1895), ein deutscher Philosoph und Gesell-

schaftstheoretiker, der gemeinsam mit Karl Marx u. a. das *Kommunistische Manifest* veröffentlichte.

10 *Charles Fourier*: vgl. Anm. 9 (S. 83) zu Kap. »Tolstoi als sozialer Denker«.

11 *die denkwürdigen Worte*: aus: Charles Fourier, *Théorie des quatre mouvements et des destinées générales*, Leipzig 1808 [dt. Theorie der vier Bewegungen und der allgemeinen Bestimmungen, Wien 1968, dort S. 134]. Der Text wurde von Karl Marx bzw. Friedrich Engels aufgegriffen in »Die heilige Familie oder Kritik der kritischen Kritik gegen Bruno Bauer und Kunsorten«, in: MEW 2, S. 3–223, hier S. 208).

Verteidigungsrede vor der Frankfurter Strafkammer

1 *inkriminierten*: als Verbrechen bezeichneten bzw. als Anklagepunkte vorgebrachten.

2 *gestützt auf die Aussagen seiner Kronzeugen*: Luxemburg weist darauf hin, dass ein »gewisser Henrici, auf dessen Denunziation der Prozeß [...] eingeleitet worden war«, sowie einige »bürgerliche Journalisten, die an der Veranstaltung in Fechenheim teilgenommen hatten«, als Kronzeugen dienten (GW, S. 395, Anm. 1).

3 *einen Deutschen mit scheelen Blicken anzusehen?*: Zitat aus der »Hunnenrede« Wilhelms II. (s. Anm. 33, S. 88, zu Kap. »Friedensutopien«.)

4 *eherner*: eiserner, hier: unausweichlicher.

5 *Simplistische*: Vereinfachende.

6 *Milizsystems*: Eine *Miliz* ist eine Bürgerwehr. Unter *Milizsystem* wird hier vermutlich die nebenberufliche Ausübung öffentlicher Ämter und des Armeedienstes wie im politischen System der Schweiz verstanden.

7 *in der Schweiz*: Dort besteht seit 1874 die allgemeine Wehrpflicht. Jeder Soldat wird – auch heute noch – mit einer eigenen Waffe ausgerüstet und kann sie zu Hause aufbewahren.

8 *Lieb Vaterland, magst ruhig sein!*: Zitat aus dem Refrain des Liedes »Die Wacht am Rhein«, das im Kaiserreich ab 1871 neben »Heil dir

im Siegerkranz« inoffizielle Nationalhymne war. Der Text wurde 1840 von Max Schneckenburger (1819–1849) verfasst: »Es braust ein Ruf wie Donnerhall, / Wie Schwertgeklirr und Wogenprall: / Zum Rhein, zum Rhein, zum deutschen Rhein! / Wer will des Stromes Hüter sein? Lieb' Vaterland, magst ruhig sein, / Fest steht und treu die Wacht, die Wacht am Rhein! [...]«. M. S., »Die Wacht am Rhein«, in: *Politische Lyrik. Deutsche Zeitgedichte von der Französischen Revolution bis zur Wiedervereinigung*, hrsg. von Gunter E. Grimm, Ditzingen 2008 [u. ö.], (Reclams Universal-Bibliothek. 15061.), S. 31 f.

9 *imputiert*: hier: ungerechtfertigt als Beschuldigung vorgebracht.

10 *Bebel*: August Bebel (1840–1913) war der Begründer der deutschen Sozialdemokratie. Er hatte am 10. März 1893 im Reichstag die Misshandlungen von Soldaten im Heer verurteilt und dabei eine Vorschrift der holländischen Kolonialarmee erwähnt, entsprechend der ein Unteroffizier, falls er ihm unterstellte Soldaten derartig quälen würde, von diesen ohne rechtliche Folgen niedergeschlagen werden dürfte.

11 *Kadavergehorsam*: unhinterfragter Gehorsam bis zum eigenen Tod.

12 *Empfang des Königs der Hellenen in Potsdam am 6. November vorigen Jahres*: Der griechische König Konstantin I. (1868–1923) war mit dem deutschen Kaiser Wilhelm II. verschwägert, militärisch im deutschen Kaiserreich ausgebildet worden und galt als prodeutsch.

13 *17. April 1910 [...] im Zirkus Schumann [...] 6 000 Personen*: Seit 1889 beherbergte eine umgebaute Markthalle den Zirkus Schumann, bis 1919 der Bau verkauft und daraus nach Renovierung das Große Schauspielhaus bzw. der Friedrichstadt-Palast wurde. Andere Quellen geben die Anzahl der Besucher bei der genannten Veranstaltung mit 9 000 an.

14 *ohne die ostelbischen Junker und ohne Zentrumsgrafen*: Das Land östlich der Elbe bis nach Ostpreußen galt als besonders fruchtbar, Großgrundbesitzer (*ostelbische Junker*) hatten als ehemalige Herrschaftselite Preußens enormen politischen Einfluss im gesamten Reich. *Zentrumsgrafen*: Anspielung auf die katholische Deutsche Zentrumspartei, in der viele Adelige Einfluss auf das politische Geschehen nahmen.

15 Vgl. GW 2, S. 323.

16 *seit der alten Internationale*: gemeint ist die 1864 in London gegründete Erste Internationale als erste internationale Arbeiterorganisation.

17 *zu diesem Behufe*: zu diesem Zwecke.

18 *Der Züricher Kongress 1893*: Vgl. *Erste Beilage zum Periodischen Bulletin des Internationalen Socialistischen Bureau* Nr. 9, Brüssel [o. J.], S. 2, das folgende Zitat auf S. 4 sowie S. 6 f.

19 *Faschodafalle*: Die Faschoda-Krise stellte 1898 den Höhepunkt der Rivalität zwischen Großbritannien und Frankreich während des Wettlaufs um Machtanteile in Afrika dar. Großbritannien wollte einen Gürtel von Kolonien von Süd nach Nord in Afrika errichten (vom Kap der Guten Hoffnung bis Kairo). Frankreich versuchte dagegen, einen Gürtel von Ost nach West (von Dakar bis Dschibuti) zu erobern. Die Ansprüche beider Staaten kollidierten schließlich in dem winzigen sudanesischen Ort Faschoda (seit 1905 Kodok) am Weißen Nil. Frankreich verzichtete formell auf das Gebiet im Austausch gegen Gebiete der Sahara. Der Sudanvertrag und die dadurch entstandenen deutschen Vorbehalte werden als Auslöser für die Erste Marokkokrise von 1905/1906 (vgl. Anm. 20) verstanden.

20 *Marokkokrise*: Gemeint ist die Erste Marokkokrise (1904–1906), in der Frankreich Marokko vor jedem Einfluss von außen schützen wollte. Das Deutsche Reich verfocht demgegenüber eine Politik der »offenen Tür«, konnte sich aber nicht durchsetzen, da es isoliert agierte. Die Entente, das Bündnis zwischen Großbritannien und Frankreich (vgl. Anm. 14, S. 86, zu Kap. »Friedensutopien«), wurde gefestigt. Der Schlussvertrag der Konferenz konnte zwar die wirtschaftlichen Interessen des Deutschen Reiches sichern; tatsächlich hatte jedoch Frankreich seine politische Macht in Nordafrika ausgebaut.

21 *das tripolitanische Kriegsabenteuer*: Gemeint ist der Italienisch-Türkische Krieg oder Tripoliskrieg zwischen dem Königreich Italien und dem Osmanischen Reich mit der italienischen Kriegserklärung am 29. September 1911 und einem Ende im Frieden von Ouchy am 18. Oktober 1912, entsprechend dem das Osmanische Reich Tripolitanien, die Cyrenaika und den Dodekanes an Italien abgeben musste.

22 *Demonstrationsmassenstreik*: Am ersten Tag des Italienisch-Tür-

kischen Krieges (s. Anm. 21) wurde ein auf 24 Stunden befristeter Generalstreik in Italien ausgerufen, dem aber nur wenige folgten.

23 *Kladderadatschniveau*: *Kladderadatsch* war eine politisch-satirische Wochenzeitung, die von 1848 bis 1944 erschienen ist.

Hundepolitik

1 Aus dem Anhang der sog. Junius-Thesen, die von Karl Liebknecht (s. Anm. 2), vorgelegt am 1. Januar 1916, als *Leitsätze über die Aufgaben der internationalen Sozialdemokratie* gebilligt wurden (s. GW 4, S. 43 bzw. den ausführlicheren Wortlaut S. 46).

2 *Liebknecht*: Der Marxist und Antimilitarist Karl Liebknecht (1871–1919) war als Mitglied der SPD von 1912 bis 1916 Abgeordneter im Deutschen Reichstag. Er wurde aus der Partei ausgeschlossen und wegen »Kriegsverrat« inhaftiert, weil er den sog. Burgfrieden ablehnte (also die Zurückstellung aller innenpolitischen Aktionen, Konflikte und wirtschaftlicher Auseinandersetzungen, um Kräfte für den Gewinn des 1. Weltkriegs zu sparen; in der Thronrede forderte Wilhelm II. (1859–1941) am 4. August 1914: »Ich kenne keine Parteien mehr, ich kenne nur noch Deutsche! Zum Zeichen dessen, dass Sie fest entschlossen sind, ohne Parteiunterschied, ohne Stammesunterschied, ohne Konfessionsunterschied durchzuhalten mit mir durch dick und dünn, durch Not und Tod zu gehen, fordere ich die Vorstände der Parteien auf, vorzutreten und mir das in die Hand zu geloben.«). Liebknecht wurde – wie auch Rosa Luxemburg – am 15. Januar 1919 von Freischärlern in Berlin ermordet.

3 *Der Reichstag lieferte selbst eines seiner Mitglieder der Militärjustiz aus*: vgl. Anm. 2.

4 *am 8. April […] Kriegsanleihe*: Während Liebknechts Rede im Reichsparteitag kam es zu tumultartigen Szenen: Der Abgeordnete der Fortschrittlichen Volkspartei Friedrich Wilhelm Louis Hubrich (1867–1925) entriss Liebknecht sein Manuskript und warf es zu Boden. Als Liebknecht weiterzureden versuchte, wurde er von dem Mitglied derselben Partei Ernst Müller-Meiningen (1866–1944) gewaltsam am Weiterreden gehindert.

5 *Eugen Richters*: Richter (1838–1906), einer der ersten Berufspolitiker Deutschlands und radikaler Vertreter des Manchesterliberalismus (die Politik lässt dem Markt völlig freie Hand), beeinflusste lange den antidemokratischen Kurs der Fortschrittlichen Volkspartei.

6 *Hungerzolltarifs*: ein am 14. Dezember 1902 im Reichstag beschlossener Zolltarif auf alle eingeführten Waren, der die Lebenshaltungskosten sprunghaft ansteigen ließ.

7 *Hubrich*: Friedrich Wilhelm Louis Hubrich (1867–1925), Mitglied der Fortschrittlichen Volkspartei und von 1912 bis 1918 im Deutschen Reichstag (s. a. Anm. 4).

8 *Müller-Meiningen*: Ernst Müller-Meiningen (1866–1944), zeitweise bayerischer Justizminister, Senatspräsident am Bayerischen Obersten Landesgericht und Reichstagsabgeordneter (s. a. Anm. 4).

9 *Payer*: Friedrich Ludwig von Payer (1847–1931), Politiker (Demokratische Volkspartei, Fortschrittliche Volkspartei, DDP) und von 1917 bis 1918 Vizekanzler des Deutschen Kaiserreiches.

10 *Liesching*: Theodor Gottfried Liesching (1865–1922), Mitglied der Fortschrittlichen Volkspartei im Reichstag von 1912–1918, war 1918 letzter königlich württembergischer Ministerpräsident sowie Außen- und Justizminister. Er half bei der Gründung der DDP mit.

11 *Oertel*: Georg Ernst Julius Oertel (1856–1916), Chefredakteur der konservativen *Deutschen Tageszeitung* und von 1912–1916 für die Deutschkonservative Partei (DKP) im Reichstag. Er wurde von den Sozialdemokraten »Knuten-Oertel« genannt.

12 *Heydebrand*: Ernst von Heydebrand und der Lasa (1851–1924), Politiker, Führer der Deutschkonservativen Partei, entschiedener Befürworter des Dreiklassenwahlrechts.

13 *Scheidemann*: Philipp Heinrich Scheidemann (1865–1939), sozialdemokratischer Politiker und Publizist, rief am 9. November 1918 die Deutsche Republik aus.

14 *Tessendorf*: Hermann Ernst Christian Tessendorf (1831–1895), als Erster Staatsanwalt am Berliner Stadtgericht treibende Kraft hinter den gnadenlosen Sozialistenverfolgungen (»Ära Tessendorf«).

15 *Bismarck'sche Sozialistengesetz*: Gemeint ist das »Gesetz gegen die gemeingefährlichen Bestrebungen der Sozialdemokratie«, das von

1878 bis 1890 von Otto von Bismarck (1815–1898), der die Sozialistische Arbeiterpartei als »Reichsfeind« verstand, eingeführt und jegliche sozialdemokratische, sozialistische oder kommunistische Vereine und Veröffentlichungen wegen Staatsgefährdung verboten hatte (die Sozialisten im Reichstag blieben aufgrund ihrer Immunität unbehelligt).

16 *August Bebel*: s. Anm. 10 (S. 91) zu Kap. »Verteidigungsrede vor der Frankfurter Strafkammer«.

17 *Scheidemann-Leute*: vgl. Anm. 13.

18 *David*: Der SPD-Politiker Eduard Heinrich Rudolph David (1863–1930) gilt als zentraler Organisator der Burgfriedenspolitik (vgl. Anm. 2, S. 93, zu Kap. »Hundepolitik«).

19 *Apportdienste*: Dienste wie ein Hund, der seinem Herrchen den von diesem geworfenen Stock zurückbringt (»apportiert«).

20 *Mameluckenhorde*: Mameluck: ein Militärsklave in islamischen Herrschaftsgebieten.

21 *Nicht zählen wir den Feind, / Nicht die Gefahren all*: Der Refrain der »Arbeiter-Marseillaise« von Jacob Audorf (1835–1898) wurde zur Totenfeier des SPD-Gründervaters Ferdinand Lassalle (1825–1864) umgeschrieben: »Nicht zählen wir den Feind, / Nicht die Gefahren all: / Der kühnen Bahn nur folgen wir, / Die uns geführt Lassalle!«

Brief aus dem Gefängnis

1 *Brief aus dem Gefängnis*: wohl der berühmteste Brief von Rosa Luxemburg, den der österreichische Schriftsteller Karl Kraus (1874–1936) mehrfach bei seinen Lesereisen vortrug: »Der tiefste, je in einem Saal bewirkte Eindruck war die Vorlesung des Briefs von *Rosa Luxemburg*, den ich am Pfingstsonntag in der Arbeiter-Zeitung gefunden und auf die Reise mitgenommen hatte.« (Karl Kraus / Rosa Luxemburg, *Büffelhaut und Kreatur. Die Zerstörung der Natur und das Mitleid des Satirikers*, hrsg. von Friedrich Pfäfflin, Berlin 2009, S. 3.) Der Brief erscheint hier in der lange einflussreichen Fassung verkürzt um die vier einleitenden, sehr persönlichen Absätze (vgl. den vollständigen Abdruck ebd., S. 5–10). Den von Bezirkshaupt-

mannsgattin Ida Lill-Rastern von Lilienbach anonyme, später ihr aber zugeordnete, Brief an Kraus greift Luxemburg an: »Es gibt eben viele *hysterische Frauen, die sich gern in Alles hineinmischen u. immer Einen gegen den Anderen hetzen möchten*«, man dürfe also nicht erstaunt sein, »wenn eine solche, die so oft Gewalt gepredigt hat, auch ein *gewaltsames Ende nimmt.* / Stille Kraft, Arbeit im nächsten Wirkungskreise, ruhige Güte u. Versöhnlichkeit ist, was uns mehr not tut, als *Sentimentalität* u. Verhetzung.« (Ebd., S. 12.) Kraus reagierte in seiner Zeitschrift *Die Fackel* direkt und scharf: »Was ich meine, ist, daß neben dem Brief der Rosa Luxemburg, wenn sich die sogenannten Republiken dazu aufraffen könnten, ihn durch ihre Lesebücher den aufwachsenden Generationen zu überliefern, gleich der Brief dieser Megäre [griech. Rachegöttin] abgedruckt werden müßte, um der Jugend nicht allein Ehrfurcht vor der Erhabenheit der menschlichen Natur beizubringen, sondern auch Abscheu vor ihrer Niedrigkeit und an dem handgreiflichsten Beispiel ein Gruseln vor der unausrottbaren Geistesart deutscher Fortpflanzerinnen, die uns das Leben bis zur todsichern Aussicht auf neue Kriege verhunzen wollen und die dem Satan einen Treueid geschworen zu haben scheinen, eben das was sie anno 1914 aus Heldentotgeilheit nicht verhindert haben, immer wieder geschehen zu lassen.« (Ebd., S. 13 f.)

2 *Karl in Luckau*: Karl Liebknecht (s. Anm. 2, S. 93, zu Kap. »Hundepolitik«) musste einige Jahre in der Strafanstalt Luckau verbringen, die 1747 eingerichtet, anfänglich auch sog. »Irre«, ab 1826 nur noch verurteilte Sträflinge sowie »Korrigenden«, d. h. als »arbeitsscheu« geltende Menschen, unterbrachte. Von 1872 bis 1900 war es ein Frauenzuchthaus, bis 1957 eine Strafanstalt für Männer.

3 *Wronke*: Stadt in Polen, 55 km nordwestlich von Posen.

4 *Platens »Verhängnisvolle Gabel«*: August von Platens (1796–1835) Komödie *Die verhängnisvolle Gabel*, entstanden 1826, orientiert sich an den Komödien Aristophanes'.

5 *Georges*: Stefan George (1868–1933), bedeutender, elitärer Lyriker und Autor (»George-Kreis«).

6 *Und unterm Rauschen rötlichen Getreides*: Gemeint ist Stefan Georges (s. Anm. 5) Gedicht »Nun lass mich rufen«: »Nun lass mich ru-

fen über die verschneiten / Gefilde wo du wegzusinken drohst: / Wie du mich unbewusst durch die gezeiten / Gelenkt – im anfang spiel und dann mein trost. // Du kamst beim prunk des blumigen geschmeides / Ich sah dich wieder bei der ersten mahd / Und unterm rauschen rötlichen getreides / Wand immer sich zu deinem haus mein pfad. / [...]«

7 *Hugo Wolffs Lied*: Gemeint ist Johann Wolfgang Goethes (1749–1832) Gedicht »Der neue Amadis«, das Hugo Wolff (1860–1903) als Nr. 23 seiner Goethe-Lieder vertont hatte.

8 *Lessinglegende*: Gemeint ist Franz Mehrings (1846–1919, bildungsbürgerlicher Außenseiter in der SPD, bedeutender Marx-Biograf) *Die Lessing-Legende. Eine Rettung, nebst einem Anhang über den historischen Materialismus* von 1893 gegen die Verklärung des reaktionären preußischen Despotismus und die Vereinnahmung von Gotthold Ephraim Lessing (1729–1781) zu diesem Zweck.

9 *Langes Geschichten des Materialismus*: Friedrich Albert Lange (1828–1875), deutscher Philosoph (Neukantianer), Pädagoge, Ökonom und Sozialist (Mitglied der ersten Internationale), später Professor in Zürich, hielt dort bis zu seinem Tod Vorlesungen über Logik, philosophische Bildung, Schillers philosophische Gedichte, Psychologie und die Geschichte der Pädagogik.

10 *»vae victis«*: lat., ›Wehe den Besiegten‹, also den Siegern auf Gedeih und Verderb Ausgelieferten.

11 *Gassenhauer*: Ohrwurm, Hit.

Der Katastrophe entgegen

1 *Rote Garde*: im Finnischen Bürgerkrieg (Januar bis Mai 1918) aus der Arbeiterbewegung erwachsen und Gegner der »Weißen« (bürgerliche Kräfte), kampfunerfahren und ohne militärische Ausbildung mit oft wechselnden Führungsfiguren.

2 *ostelbischen Junkertums*: vgl. Anm. 14 (S. 91) zu Kap. »Verteidigungsrede vor der Frankfurter Strafkammer«.

3 *mit Peitschen und Skorpionen*: Vgl. 1. Könige 12,11, Jesus spricht: »Nun, mein Vater hat auf euch ein schweres Joch geladen; ich aber

will des noch mehr über euch machen: Mein Vater hat euch mit Peitschen gezüchtigt; ich will euch mit Skorpionen züchtigen.«

4 *elende Fiasko der preußischen Wahlreform [...] ungeheuerlichste Steuervorlage*: Ein Vorschlag für eine vom Preußischen Staatsministerium eingebrachte Wahlreformvorlage wurde am 2. Mai 1918 im preußischen Abgeordnetenhaus von einer Mehrheit abgelehnt (gleiches Wahlrecht für alle Männer über 25 Jahren) und ein Vorschlag der parlamentarischen Kommission des Abgeordnetenhauses ratifiziert, die das reaktionäre preußische Dreiklassenwahlrecht letztlich zementierte.

5 *der famosen Juliresolution des Reichstages*: *famosen*: großartigen (hier ironisch); *Juliresolution*: die sog. Friedensresolution, vom Deutschen Reichstag am 19. Juli 1917 angenommen, forderte einen Verständigungsfrieden zur Beendigung der Kampfhandlungen im 1. Weltkrieg – wohl vor allem, um revolutionäre Ansätze im eigenen Land im Keim zu ersticken.

6 *Hindenburgs*: Die vom Generalfeldmarschall Paul Ludwig Hans Anton von Beneckendorff und von Hindenburg (1847–1934) geführte Oberste Heeresleitung übte von 1916 bis 1918 uneingeschränkt (vgl. Anm. 2, S. 93, zu Kap. »Hundepolitik«) die Regierungsgewalt im Kaiserreich aus.

7 *das warnende Exempel der Friedensschlüsse im Osten*: s. Anm. 11.

8 *Scheidemänner*: s. Anm. 13 (S. 94) zu Kap. »Hundepolitik«.

9 *Heilmänner*: Der Jurist und konservative Sozialdemokrat Ernst Heilmann (1881–1940) war entschiedener Befürworter der Burgfriedenpolitik. Er wurde im KZ Buchenwald ermordet.

10 *Fatum*: unausweichliches Schicksal.

11 *seit dem Gewaltfrieden von Brest-Litowsk*: Gemeint ist der Friedensvertrag von Brest-Litowsk zwischen Sowjetrussland und den Mittelmächten, der nach zähen Verhandlungen am 3. März 1918 unterzeichnet wurde: Für Sowjetrussland war damit der Krieg beendet. In der Sowjetunion und später auch in der DDR wurde dieser Vertrag oft als »Raubfrieden von Brest-Litowsk« bezeichnet, da er nur aufgrund militärischen Drucks und der Besorgnis der russischen Revolutionäre, alles zu verlieren, unterzeichnet worden war.

12 *Hindenburgs »Dicke Berta«*: *Hindenburg* (s. Anm. 6); *Dicke Berta*:

gefürchteter 42-cm-Mörser, der im Laufe des Krieges jedoch immer mehr veraltete.

13 *Reventlows*: Der deutschvölkische Marineoffizier und später überzeugte nationalsozialistische Politiker Ernst Graf zu Reventlow (1869–1943) trat während des 1. Weltkrieges für eine rücksichtslose Kriegführung mit allen Mitteln ein.

14 *Lakaienseelen*: *Lakai*: Diener, heute abwertend für eine unterwürfige Person.

15 *neunschwänzige Katze*: mehrsträngige Peitsche, oft mit Gewichten am Ende, besonders beliebt zur Bestrafung von Disziplinvergehen auf Kriegsschiffen (die Auspeitschung endete häufig tödlich).

Die Ordnung herrscht in Berlin

1 *Minister Sebastiani*: Horace-François-Bastien, comte Sébastiani de la Porta (1772–1851), französischer Politiker, Marschall von Frankreich, der schon für Napoleon gekämpft hatte, war nach der Julirevolution 1830 für Marineministerium und Auswärtiges Amt zuständig.

2 *Paskiewitschs Soldateska*: Iwan Fjodorowitsch Paskewitsch-Eriwanski, Graf von Eriwan, Fürst von Warschau (1782–1856), russ. Marschall, ab 1831 Oberbefehlshaber der russischen Armee in Polen, am 7. September zum Fürsten von Warschau erhoben und zum Statthalter von Polen ernannt, vollzog am 26. Februar 1832 das »Organische Statut«, das Polen und Russland zusammenschloss.

3 *Ebert und Noske*: Friedrich Ebert (1871–1925), Politiker und Sozialdemokrat, seit 1913 Vorsitzender der SPD, von 1919 bis zu seinem Tod erster Reichspräsident der Weimarer Republik. Der SPD-Politiker Gustav Noske (1868–1946) war erster Minister mit der Zuständigkeit für das Militär in der deutschen Geschichte. Ebert und Noske beglückwünschten nach der Ermordung Rosa Luxemburgs zu dessen Verblüffung in der Reichskanzlei den Organisator der Tat Waldemar Pabst (1880–1970), den damaligen Ersten Generalstabsoffizier der Garde-Kavallerie-Schützen-Division und später u. a. eine der Hauptfiguren im Kapp-Putsch der Nazis,

der die junge Weimarer Republik an den Rand eines Bürgerkriegs brachte.

4 *über die 300 »Spartakisten« im Vorwärts*: Am 11. Januar 1919 mussten sich die Arbeiter und Soldaten, die am 5. Januar aus Protest gegen die Absetzung des Berliner Polizeipräsidenten Eichhorn (s. Anm. 14) das *Vorwärts*-Gebäude besetzt hatten, den zahlenmäßig und technisch überlegenen Truppen ergeben. Parlamentäre, die die Besatzung zu Übergabeverhandlungen hinausgeschickt hatte, wurden misshandelt und ermordet. Die 300 Revolutionäre wurden mit Peitschen und Gewehrkolben traktiert; einige wurden erschossen.

5 *Generals von Emmich*: Albert Theodor Otto von Emmich (1848–1915), preußischer Infanteriegeneral, erster Träger des Ordens *Pour le Mérite* (frz. ›Für das Verdienst‹).

6 *Reinhardt und Gen.[ossen]*: Wilhelm Reinhard (1869–1955), deutscher Infanteriegeneral, später SS-Obergruppenführer, »Reichsführer des NS-Kriegerbundes« sowie Mitglied des Reichstages.

7 *Rekognoszierung*: wörtl. Wiedererkennung, hier: Identifizierung.

8 *Ludendorff*: Der Politiker und General Erich Friedrich Wilhelm Ludendorff (1865–1937) hatte im 1. Weltkrieg großen Einfluss auf die deutsche Kriegsführung und Politik. Er war verantwortlich für die gescheiterte Frühjahrsoffensive 1918, einer der Erfinder der sog. Dolchstoßlegende, 1920 am Kapp-Putsch und 1923 am Hitler-Putsch beteiligt, Reichstagsabgeordneter der Deutschvölkischen Freiheitspartei und Mitbegründer des Tannenbergbunds.

9 *Kommunekämpfer*: s. Anm. 6 (S. 89) zu Kap. »Frauenwahlrecht und Klassenkampf«.

10 *Marssöhne*: Mars ist in der römischen Mythologie der Gott des Krieges.

11 *Ebert-Scheidemann*: s. Anm. 3 oben und Anm. 13 (S. 94) zu Kap. »Hundepolitik«.

12 *6. Dezember*: Am 6. Dezember 1918 hatten von reaktionären Offizieren geführte Truppenteile in Berlin einen Putschversuch unternommen.

13 *am 24. Dezember*: Am 24. Dezember 1918 hatten Truppen unter Führung von Generalleutnant Arnold Lequis (1861–1949) die Ber-

liner Volksmarinedivision angegriffen, waren aber am Widerstand (auch von Arbeitern) gescheitert.

14 *Anschlag gegen das Berliner Polizeipräsidium*: Am 4. Januar 1919 wurde der Berliner Polizeipräsident Emil Eichhorn (1863–1925), der dem linken Flügel der USPD (s. Anm. 18) angehörte, von der sozialdemokratischen Regierung unter Führung von Friedrich Ebert (s. Anm. 3) für abgesetzt erklärt. Auch nach erbitterten Kämpfen um das Polizeipräsidium widersetzte Eichhorn sich der Anordnung (sowohl die Kämpfe als auch seine Weigerung provozierten den sog. Spartakusaufstand).

15 *Blachfeld*: ein offenliegendes, flaches, oft mit Bäumen bestandenes Feld.

16 *Parade [...] kräftiger Hieb*: Ausdrücke aus der Fechtersprache: *Parade*: ein Verteidigungs- bzw. Abwehrschlag; *Hieb*: ist nur mit dem schweren Säbel (Hiebwaffe), nicht aber mit dem Degen (Stoßwaffe) möglich.

17 *Eichhorns*: s. Anm. 14.

18 *USP*: Die Unabhängige Sozialdemokratische Partei Deutschlands (USPD) hatte sich während des 1. Weltkriegs von der SPD abgespalten. Streitthema war u. a. der Standpunkt für oder gegen den Krieg (s. a. Anm. 2, S. 93, zu Kap. »Hundepolitik«). Der linke Flügel der USPD bestand seit 1917 aus der Spartakusgruppe, die aus der von Luxemburg 1914 gegründeten Gruppe Internationale hervorgegangen war. Ende 1918 schlossen sich der Spartakusbund und kleinere linksradikale Gruppen zur Kommunistischen Partei Deutschlands (KPD) zusammen.

19 *der Aufruhr der Lyoner Seidenweber 1831*: Der erste große Aufstand in Frankreich wegen sozialer Ungerechtigkeit wurde, wie der zweite (1834) und dritte (1848) Lyoner Aufstand, vom Militär blutig niedergeschlagen.

20 *Erhebung des Pariser Proletariats in den Junitagen 1848*: Im weiteren Verlauf der französischen Februarrevolution von 1848 (s. Anm. 23) kam es im Juni in Paris zu einem erneuten Arbeiteraufstand, der von Armee und Nationalgarde blutig beendet wurde.

21 *Pariser Kommune*: s. Anm. 6 (S. 89) zu Kap. »Frauenwahlrecht und Klassenkampf«.

22 *bei der großen geschichtlichen Probe am 4. August 1914*: vgl. Anm. 2 (S. 93) zu Kap. »Hundepolitik«.

23 *die französische Februarrevolution*: Aus der Februarrevolution ging 1848 die Ausrufung der Zweiten Französischen Republik hervor; sie beendete damit die Herrschaft des »Bürgerkönigs« Louis-Philippe I. (1773–1850).

24 *die deutsche Märzrevolution*: von 1848/49.

25 *Fußkugel*: schweres Gewicht am Ende einer Kette, die mit einem Eisenring den Fuß eines Häftlings umschließt, um seine Bewegungsfreiheit einzuschränken bzw. Fluchtversuche zu erschweren.

26 *Ich war, ich bin, ich werde sein*: Vgl. 2. Mose 3,14, eine mehrdeutige, interpretationsbedürftige Stelle, nach der Übersetzung Luther 1914: »Gott sprach zu Mose: ICH WERDE SEIN, DER ICH SEIN WERDE. Und sprach: Also sollst du den Kindern Israel sagen: ICH WERDE SEIN«. Die Stelle wird jedoch auch übersetzt als: »ICH BIN, DER ICH BIN!«

Zu dieser Ausgabe

Im Folgenden steht »GW« für:

Rosa Luxemburg: Gesammelte Werke. Hrsg. vom Institut für Marxismus und Leninismus beim ZK der SED. Berlin 1972 ff.

Die Texte stammen aus folgenden Quellen (die Rechtschreibung wurde behutsam modernisiert):

Tolstoi als sozialer Denker (1908): Erstdruck: Leipziger Volkszeitung Nr. 209. 9. September 1908. Druckvorlage: GW 2. S. 246–253.

Friedensutopien (1911): Erstdruck: Leipziger Volkszeitung Nr. 103. 6. Mai 1911. [Fortsetzung:] Nr. 104. 8. Mai 1911. Druckvorlage: GW 2. S. 491–504.

Frauenwahlrecht und Klassenkampf (1912): In: Frauenwahlrecht! Propagandaschrift hrsg. zum II. sozialdemokratischen Frauentag. Stuttgart, 12. Mai 1912. Druckvorlage: GW 3. S. 159–165.

Verteidigungsrede vor der Frankfurter Strafkammer (1914): In: Vorwärts (Berlin) Nr. 52. 22. Februar 1914. Druckvorlage: GW 3. S. 395–406.

Hundepolitik (1916): Illegales Flugblatt vom Mai 1916. Institut für Marxismus und Leninismus beim ZK der SED, Zentrales Parteiarchiv, D. F. V / 14. Druckvorlage: GW 4. S. 190–193.

Brief aus dem Gefängnis (An Sonia Liebknecht) (1917): In: Briefe aus dem Gefängnis. Berlin 1946. S. 55–59.

Der Katastrophe entgegen (1918): Erstdruck: Spartacus Nr. 9. Juni 1918. Druckvorlage: Spartakusbriefe. Hrsg. von der Kommunistischen Partei Deutschlands (Spartakusbund). Neudruck. [o. O.] 1920. S. 159–161.

Die Ordnung herrscht in Berlin (1919): Erstdruck: Die Rote Fahne (Berlin) Nr. 14. 14. Januar 1919. Druckvorlage: GW 4. S. 533–538.

Der Verlag dankt Thedel von Wallmoden, Wallstein Verlag, für wichtige Hinweise.

Eine sehr große Ausnahme

Von Dietmar Dath

Wenn Rosa Luxemburg sich dafür entschieden hätte, als gewerbsmäßige Verfasserin zeitkritischer Analysen, als Satirikerin und Pamphletistin (also als das, was es gab, bevor es Blogs gab und »Influencer«) ihre Zeit zur Rechenschaft zu ziehen, wäre den meinungsbildenden Eliten ihrer Epoche schnell deutlich gewesen, dass hier eine Stimme sich äußerte, die es an Beredsamkeit und Feuer mit den originellsten und elegantesten Kollegen aufnehmen konnte, mit dem Österreicher Karl Kraus etwa, dem Franzosen Anatole France oder dem Amerikaner Mark Twain. Ihr Text über Tolstoi von 1908 zum Beispiel steht der Sprache seines Gegenstands in nichts nach (was man von universitärer Literaturkunde und literaturkritischem Feuilleton selten sagen kann). Dieser Text entwirft am konkreten Autor, den er behandelt, wie beiläufig eine ganze Theorie der politisch und ethisch wertvollen Schriftstellerei in ungerechten Gesellschaften (also allen bisher bekannten). Wer kein Wort von Tolstoi gelesen hat, lernt hier fast noch mehr (nämlich Allgemeineres) als diejenigen, die in Luxemburgs Aufsatz nur nach einem Schlüssel zum Werk des Russen suchen. Schöngeistiges war freilich ein Nebenfach für diese Autorin.

Entdeckt man in unserem 21. Jahrhundert ihren Essay »Friedensutopien«, so schämt man sich für eine Gegenwart, deren offizielles Verständnis von den Ursachen der Kriege und Bürgerkriege zur Anekdotensammlung über verrückte Herrscher und unverständliche Bräuche obskurer Ethnien heruntergekommen ist, wo doch, wie Luxemburgs Sätze beweisen, schon 1911, also drei Jahre vor dem Ersten Weltkrieg, der das Märchen vernichtete, die Moderne sei ein unaufhaltsamer Aufstieg der Menschheit zu immer zivilisierteren Verhältnissen, das Instrumentarium vorhanden war, beispielsweise die Legende vom angeblich im preußisch-deutschen Nationalcharakter mystisch verankerten und für die hiesige Ethnie daher unhintergehbaren Militarismus mit ruhiger Hand auseinanderzunehmen und dabei die tieferen gesellschaftlichen Ursachen und Funktionsweisen jener sozialen Menschenfressermaschinerie bloßzulegen, deren Opfer auch die Verfasserin von »Friedenutopien« schließlich wurde.

So aktuell und augenöffnend wie »Friedensutopien« ist auch »Frauenwahlrecht und Klassenkampf« aus dem Jahr 1912 geblieben, eine Arbeit, deren gehaltvolle Verknüpfung von Geschlechter- und anderen Unrechtsfragen auch mehr als 100 Jahre Frauenemanzipationsbemühungen nicht gegenstandslos gemacht haben.

Was in Zeiten entstand, in denen noch darum gestritten werden musste, dass Frauen überhaupt sollten wählen dürfen, wirft erstaunlicherweise von dort und damals her ein hartes, konturenschärfendes Licht auf die unerfreuliche Wahrheit, dass selbst das einmal errungene Wahlrecht nicht reicht und betrüblich wenig bringt, wenn nicht mit seiner (und anderer) Hilfe diejenigen Möglichkeitsbedingungen und Verstärker gesellschaftlicher Ungleichheit mit allem Ernst beseitigt werden, von denen Luxemburgs Analyse spricht.

Liest man schließlich die gesalzene, von Blitz und Donner belebte Abrechnung »Hundepolitik«, mit der Rosa Luxemburg 1916 ihr Strafgericht über »dieses unauffindbare Parlament«, »diese edle Gesellschaft in politischer Selbsterniedrigung« der Deutschen hält, dann kann man kaum fassen, dass die unschuldigen, inhaltsarmen und in Sachen Artikulationsniveau geradezu kindlichen Hasch-Mich-Spielchen, die unsere derzeitigen Parlamentsfiguren auf Twitter und in Interviews tagein, tagaus so miteinander spielen, falls innerhalb von Parteien oder über deren Lagegrenzen hinweg überhaupt Kritisches geäußert wird, tatsächlich als Kontroversen, als Debatten, als Politik gelten dürfen (das eklatante Inhaltsgefälle ist übrigens in den jeweiligen Öffentlichkeitsformen gespiegelt: Heute haben wir Hashtags und Pressemitteilungen, »Hundepolitik« erschien dagegen als illegales Flugblatt.

Wer Texte schreiben kann, die so genau wie die eben kurz vorgestellten von Luxemburg auf ihren jeweiligen Entstehungszusammenhang reagieren und in ihn eingreifen, dann aber nicht etwa mit ihm untergehen, sondern sich Jahrzehnte (und womöglich eines Tages: Jahrhunderte) lang halten, frisch und sprühend wie am Erstveröffentlichungstag, hat das Zeug zur überragenden Publizistin. Wäre Luxemburg also nur dies geworden und gewesen, so würden heute junge Journalistinnen, die auf dem Balkan Familiengeschichten recherchieren, über die Leihfahrradwirtschaft in unseren Innenstädten berichten, dem Zustand der Bundeswehr auf den Zahn fühlen oder politische Korruption entlarven, wahrscheinlich Preise bekommen, die nach dieser bedeutenden Frau benannt sind.

Wer sich damit auskennt, wie schwierig es ist, komplexe gesellschaftliche Sachverhalte durchsichtig darzustellen, einzuordnen und gar noch zu beurteilen, kann über die Klarheit der Befunde, die Sicherheit beim Satzbau und die mitreißende Musik der Sprachmelodie bei Luxemburg auch mehr als hundert Jahre nach dem entsetzlichen gewaltsamen Tod der Verfasserin nur staunen. Noch verblüffender aber ist, dass diese Frau das, was sie da so ausgezeichnet gemacht hat, nicht als ihre Hauptarbeit ansah, und endgültig unfassbar werden ihr Leben und ihre Leistung, wenn man sich nämlich klarmacht, dass sie tatsächlich zwei anderen Beschäftigungen nachging, in denen sie anderen, die das ebenfalls taten, sogar noch deutlicher überlegen war als in der Publizistik: Sie erkämpfte sich Weltrang sowohl als revolutionäre Theoretikerin als auch als Praktikerin, und beides auch noch in deutscher Sprache, obwohl sie gebürtig aus einem Teil Polens stammte, das damals dem russischen Reich unterworfen war, und ihre akademische Ausbildung nicht etwa in Berlin oder München, sondern, der im Unterschied zu den genannten Ortschaften halbwegs geschlechtergleichberechtigten Studienbedingungen wegen, in Zürich erwerben musste. Die Geschichte des deutschen Sprachraums kennt wenige Personen, die sich um die Abschaffung aller Verhältnisse, »in denen der Mensch ein erniedrigtes, ein geknechtetes, ein verlassenes, ein verächtliches Wesen ist« (Karl Marx, »Zur Kritik der Hegelschen Rechtsphilosophie«, in: MEW 1, S. 385), mehr bemüht haben als diese 1870 geborene Frau.

Die revolutionäre Theorie verdankt ihr anspruchsvolle Werke wie »Sozialreform oder Revolution? Mit einem Anhang: Miliz und Militarismus« (1899) und »Die Akkumulation des Kapitals. Ein Beitrag zur ökonomischen Erklärung des Imperialismus. Vorwärts« (1913). Verblüffend, – dass beide Werke zwar vor dem Ersten Weltkrieg erschienen, aber schon in ihren Titeln beziehungsweise Untertiteln verraten, wie hellsichtig diese Theoretikerin die Kriegsgefahr als den Hauptschrecken des jungen 20. Jahrhunderts vorhersah. Darüber hinaus war Luxemburg, wie schon erwähnt, nicht nur eine brillante Theoretikerin, sondern auch Praktikerin mit allen dazugehörigen Konsequenzen. Sie hat unter anderem die Kommunistische Partei Deutschlands mitbegründet, eine Tat, die nicht gerade nach Studierstube und folgenlosem Gerede riecht. Der deutschen Sozialdemokratie, ihrer, wie man so sagt, ursprünglichen politischen Heimat, war sie erst lästig und dann verhasst, weil sie die Großen dieser Partei, die sich als umgängliche, weichgespülte, im Ernstfall die Geschäfte von Staat und Kapital nicht störende Bedenkenträger im Schoße der Gesellschaft einrichten wollten, mit mal ruhiger, mal drängender Hartnäckigkeit an das Versprechen grundsätzlichen sozialen Wandels erinnerte, das in dem Namen »Sozialdemokratie« steckt. Man wollte bei dieser Partei links blinken und bestenfalls geradeaus fahren, da konnte man eine Frau nicht gebrauchen, die immer wieder ins Lenkrad griff, wenn eine Ausfahrt nach links, in ein interessanteres, gerechteres, neues Leben sich anbot. So schützte diese Sozialdemokratie ihre bedeutendste Denkerin, beste Publizistin und leidenschaftlichste Agitatorin schließlich nicht, als im Katastrophenjahr 1919 die deutsche Revolution, die schlecht organisiert war und in den wenigen Zentren von den orientierungslosen Massen im Land abgeschnitten, über ihrem genialen Kopf zusammenbrach und sie mit sich in die Tiefe riss, wo die mörderischen Banden des deutschen Militarismus, der späten, giftig verfaulten Kaisertreue und des Präfaschismus über Rosa Luxemburg herfielen und ihr Leben auslöschten.

Auch noch das zu vernichten, was sie geschrieben, gedacht und getan hat, ist allen Mördern, Quälern, Unterdrückern und Ausbeutern zusammen seither nicht gelungen.